D1433829

Lili Gulliver

L'univers Gulliver

II. La Grèce

roman

ÉDITION DU CLUB QUÉBEC LOISIRS INC.
© Avec l'autorisation des Éditions VLB Éditeur

Dépôt légal — 2e trimestre 1991
ISBN 2-89430-019-0
(publié précédemment sous ISBN 2-89005-468-3)

«L'ordre naturel veut la conservation et
la propagation des espèces, mais pour les
Lilliputiens, l'homme et la femme comme
tous les animaux n'ont de rapports
que pour satisfaire leurs désirs.»

SWIFT
Les Voyages de Gulliver

Montréal

Bonjour Lili,

Ainsi, madame s'apprête à s'éclater en Grèce. Je t'envie. J'ai bien hâte de voir ce qui va t'arriver. Entre temps, je repensais à ton Guide Gulliver, je trouvais qu'il s'agissait d'une drôle d'idée mais plus j'y réfléchis, plus je trouve ça con. On dirait les carnets scolaires d'une étudiante qui a la manie de tout noter. La manie du classement n'épargne même pas ta vie sexuelle. Laisse tomber, Lili, on a déjà assez de problèmes avec les hommes et leur peur de ne pas performer. S'ils apprennent qu'il y a une fille ou des filles qui les codifient et les classent au Guide Gulliver, on n'est pas réchappées. Faudrait surtout pas que le sexe en vienne à être classé comme un travail dont l'aboutissement serait l'orgasme. Le grand blast, the big badaboum!

Si tu continues, tu vas nous couler dans un moule, comme «stressées de l'orgasme». Nos pauvres bonshommes vont devenir obsédés par le résultat. Et même si les résultats s'avèrent satisfaisants, si tu leur attribues la merveilleuse cote de 5 bites, obsédés comme ils sont par la performance, ils vont devenir des collectionneurs de gonzesses et continuer de se vanter:

— Je me suis très bien classé au Guide Gulliver, j'ai mérité 4 bites. Alors de quoi tu te plains, espèce de peine à jouir?

Je connais plein de filles qui vont t'en vouloir. Non! Il ne faut pas que tu traites le sexe comme une machine programmée pour un haut rendement. Les rapports sont déjà tellement complexes entre les hommes et les femmes.

Je te suggère de lire Le nouveau Désordre amoureux, *on y dit, entre autres:* «Dans la nouvelle rationalité de la libération sexuelle, le pénis est devenu la détermination en dernière instance qui transforme nos ruts onctueux en coïts programmés. Autrement dit, plus le sexe se perd comme différence, plus le génital s'impose comme référence, plus le corps s'exile comme profusion.» *— Comprends-tu?*

As-tu entendu parler du GOG (Gros Organe Gonflé) ou du plan MASCOTE (Mamelons + Anus + Scrotum + Clitoris = Orgasme TErrible)? Lis Le nouveau Désordre amoureux, *tu comprendras que certains sont nettement mieux placés que toi pour parler de sexe. Tout a été dit sur la chose, Miss Gulliver.*

Et puis, l'amant le mieux armé n'est pas nécessairement le meilleur. Il n'est pas interdit de se pâmer sur des élans minuscules, des caresses, sans bites performantes. Où veux-tu en venir avec ton culte de la bite? Tu n'inventeras rien avec ta gastronomie libidinale, c'est inutile.

Alors, Lili, bonne découverte! Et même si tu fantasmes un peu trop, avant de plonger dans des draps inconnus, n'oublie pas la pub: «Sans condom, c'est non!»

Ta copine Lucie.

En guise de présentation

C omme la plupart des intellectuelles, Lucie se creuse définitivement trop la tête. Je crois dur comme fer, moi, Lili Gulliver, qu'un guide de la baise internationale peut être utile et servir à dépister le meilleur amant au monde. Si jamais d'autres sexploratrices prennent le chemin de la découverte sensuelle, le terrain ne sera plus puceau, si je puis m'exprimer ainsi. Les aventurières, guide en main, sauront enfin que dans tel pays, ou dans telle ville, se trouvent des types qui fonctionnent de telle manière. Par devant, par derrière, avec la langue, en criant «Swing la bacaisse dans l'fond d'la boîte à bois», en chantant *O Sole Mio,* et tutti quanti, en t'appelant «lapotchka» (ma petite patte de lapin, en russe), en te faisant danser le tango, en *lambadant* entre tes genoux ou en restant coi. Il est important de savoir qu'il y a autant de types de baiseurs qu'il y a d'espèces de papillons exotiques, et il est intéressant de pouvoir les identifier.

Ainsi, il y a le mâle qui baise parce qu'il est bien élevé. Celui-là, c'est l'homme du monde, il dispose de son temps, il fera ça tout doucement, poliment. Il y a celui qui baise pour amuser la galerie, il peut être rigolo, gigolo et vantard. Celui-là, généralement beau gosse, divertira allégrement. Il y a le type qui baise par devoir. Celui-là est marié. Puis il y a celui qui baise par égoïsme, ou par perversion, celui-là est un salaud. Et bien entendu, il y a celui qui baise pour le plaisir — mon préféré! Il aime faire jouir et rire. Celui-là est un gai luron. Il y a celui qui est toujours prêt, celui-là est un Adonis de service. Comme de raison, je rencontrerai à nouveau différents types d'hommes de toutes les couleurs et de tous les rangs. Pour être une bonne chasseresse de calibre international, il est tout de même impératif d'avoir un beau tableau de chasse.

J'envie Sabrina Guiness, cette riche et jeune héritière qui a réussi à séduire les meilleurs partis de la planète dont David Bowie, Mike Jagger, Jack Nicholson, Ryan O'Neal et même le prince Charles. La rumeur veut qu'elle les ait tous laissés tomber. Une vraie de vraie, celle-là. J'aimerais bien être sa copine, elle aurait pu me refiler ses restes. Je ne dédaigne pas, moi non plus, les célébrités, de temps en temps. Mais je peux me contenter d'un bel Apollon, d'un illustre inconnu ou d'un super martien. Même si ma conquête masculine n'est pas classée au jet-set international, il y a de fortes chances que l'individu privilégié possède de belles qualités physiques et morales. Après tout, ce *Guide Gulliver* n'est pas destiné aux bourgeoises qui ne mouillent que sur le fric avec le *who's who*, ce qui restreint considérablement notre champ libidinal. Non, ce guide s'adresse plutôt à la fille sympa qui recherche un partenaire agréable pour passer de divertissantes vacances.

À l'instar de 74 % des lectrices du magazine *Cosmopolitain,* je pense que «le sexe n'est qu'un sentier dans la voie que nous suivons pour frapper à la porte de l'âme d'une autre personne».

Cela dit, je vais ouvrir ce sentier. Je ne crois pas en faire une autoroute, j'ai mes limites, mais telle une petite poucette égarée dans la jungle humaine, je laisserai derrière moi de blancs *kleenex* pour retrouver ma route.

Je vais juste dresser une liste de tous ces hommes (merveilleux?) avec lesquels je ferai l'acte. J'inscrirai leur nom, leur pays d'origine, une bonne description physique, certaines données comme le poids et la taille et, à vue de nez, une description de la bite. Je noterai également leurs performances, leurs charmes, leur humour, leur intelligence, leurs traits particuliers, leurs fantasmes et leurs spécialités. Puis, avec discernement, je leur attribuerai la fameuse cote du *Guide Gulliver.* Ainsi, les sexploratrices qui suivront mes traces auront des références. Si jamais je deviens riche et célèbre après ce fameux guide, rebelotte que je me retape le tour du globe. Vivement que je devienne ambassadrice: «Madame, à la suite de la lecture de votre *Guide* sur les Grecs, nous, du Zimbabwe, aimerions bien vous avoir parmi nous afin d'évaluer le potentiel érotique de quelques-uns de nos sujets.» Moi, Lili, j'accourrais. Je serais accueillie comme une reine, bravement, transportée à bout de bras par de superbes porteurs sur un matelas *queen size.* La

foule en délire m'acclamerait et me réclamerait à
«corps» et à cri. Puis, dans une alcôve des plus
confortables, on me présenterait de beaux sujets
virils, sélectionnés pour l'occasion, que je devrais
évaluer, soupeser et codifier. Ah! l'éreintant boulot. Et ainsi de suite, partout dans le vaste monde.
Gault et Millau sont invités partout et ne parlent
que de bouffe, alors pourquoi ne le serais-je pas,
moi aussi? Je rêve de me retrouver un jour à la
Baie James, avec tout ce haut potentiel de mâles
énergétiques, je ferais sauter plusieurs barrages.
Ne serait-il pas plus prudent d'y aller à plusieurs?

    Plus instinctive que dragueuse dans la recher-
che de ma convoitise, je ferai part à mes lectrices
de la découverte de l'autre. Pratiquant allégrement
la séduction buissonnière, ma route se remplira de
conquêtes imprévisibles, et je m'empresserai de
noter leur singularité.

    Et je veux bien me fier à l'expérience de Martha
l'entremetteuse! Celle-ci trouvait que dans l'analyse
des relations hautement complexes de l'homme et
de la femme, le mamelon, qui n'a pas tant d'impor-
tance, fournit néanmoins une donnée invariable.
Elle classait les hommes en catégories précises
selon le type de tétons qu'ils préféraient. Ainsi,
selon elle, les intellectuels de haut niveau et les
jouisseurs à sensualité complexe préfèrent habituellement des femmes à mamelons petits et roses.
Les mâles virils préfèrent les tétons bruns, tandis
que les jeunes aiment à se reposer à l'ombre des
gros bouts rouges. Sa tâche, expliquait-elle avec le
sourire, consistait à trouver le manteau qui allait

avec le bouton. Ce brillant exploit intellectuel lui fournissait un guide parfait pour le dur métier d'entremetteuse. Avec mon *Guide Gulliver* de la baise internationale, je pourrais jouer le même rôle: la bite rose pour les romantiques, la bite molle pour les blasées, la bite d'acier pour les femmes de carrière, etc., et trouver à chacune «chaussure à son pied».

Non, tout n'a pas été dit sur la virilité masculine, et je pose cette devinette que les femmes des *Mille et une nuits* se répétaient: «Mon premier est un os, mon second est un muscle, mon tout est de la chair. Qui suis-je?»

Une fille de quatorze ans apporte ici la réponse: «Si on pense vigueur et consistance, un zob est un os quand l'homme a entre quinze et trente-cinq ans. C'est un muscle entre trente-cinq et soixante ans et après ça, ce n'est plus qu'un morceau de chair flasque et inutile.»

❏

Je sais, je suis une personnalité complexe. Imprévisible, inconstante et volage, je compte bien demeurer ainsi encore quelque temps: grande voyageuse devant l'éternel, toujours à la recherche d'un inaccessible paradis. Je ne changerai pas.

Pour le moment, je n'ai pas envie de me faire du souci et je cherche le meilleur amant au monde. Ce projet m'emballe tellement que personne ne m'y fera renoncer. Quelle science s'est entièrement consacrée, comme je veux le faire, à l'observation de l'appareil génital universel? Me voici, Lili Gulliver, spécialiste mondiale de la bite sous toutes ses formes et couleurs! Je ferai des exposés devant des rencontres internationales de scientifiques:

«Mesdames et Messieurs, laissez-moi vous entretenir de mon sujet préféré, celui sur lequel je me suis penchée si souvent; celui qui a envahi ma vie pour devenir ma passion: la bite. Des bites, j'en ai connues des grandes, des énormes, des petites, des minuscules, des malléables, des douces et rondes, des tordues comme des boomerangs, des gonflées, des qui gonflent pas, des roses, des sournoises, des juteuses, des porte-étendard, des patientes, des noctambules, des violettes, des anales, des moites, des étudiantes, des peureuses, des pas farouches, des fonceuses, des vigilantes, des sentinelles, des étouffantes, des mirobolantes, des qui parlent presque, des qui restent muettes, des dormeuses, des éveillées, des matinales, des *afternoon delights,* etc.»

Ensuite, je pourrai parler de mon agence spécialisée en beaux mecs. Pour le plaisir de ces dames, nous aurons la perle correspondant aux besoins de chacune. Quelqu'un désire un Nègre, genre *big bamboo,* un Suédois sur le doigt, un bel Hollandais sans sabots, un Suisse qui suisse? J'en fais mon affaire. Un homme ayant la voix de Pavarotti, le zob d'Eddy Murphy, avec la gueule et les yeux de Paul Newman? Ça se trouve! Un Kirk Douglas, un Marcello Masturbani, un Lawrence d'Arabite, un Raoul de la bite à TiBi? Un instant, je consulte mes fichiers...

Madame recherche le brouteur affamé de mi-
nounes, l'impliable pineur, l'acrobate sans filet mais
avec parapluie, le spécialiste en cunni sous-marin?
On vous trouve ça. Notre répertoire pourrait même
s'élargir et offrir les services d'une banque de
sperme. Les dépôts seraient accueillis amicalement
et buccalement...

Au début, mon agence haut de gamme, de calibre international pourrait en satisfaire plus d'une.
Quel boulot! La volupté à domicile, livrée chez soi
mais payable sur livraison. Je dégoterais au botté
ou au déculotté des participants à part entière, des
amants exotiques, des Adonis de service, des four-
reurs aux allures teutonnes, des cosaques russes
pour la balalaïka, des Brésiliens pour la lambada,
des Asiatiques à baguettes magiques, Ali Baba et
les quarante voleurs, des Bédouins aux yeux de
feu.

On vend bien les joueurs de baise-balle. Quelle
concupiscence! Toutes les possibilités épidermiques
à portée de la main. Celles qui, désespérées,
s'écrient «Y a pu d'hommes», celles-là n'auront qu'à
me passer un coup de fil au 969-Lili! Mâle Dépannage. Mâle Dépannage se fera un plaisir de vous
envoyer une de ses recrues à la braguette magique
pour enluminer vos soirées. Mon beau troupeau de
mâles en rut broutera allégrement l'herbe de vos
fertiles vallées.

Autres temps, autres bourses. Toutes les manières de faire l'amour auront été observées, réper-
toriées, éprouvées, risquées, tentées, osées. Ar-
dente défenderesse de la jouissance immédiate,

mon agence vous procurera rapidement celui qui vous fait fantasmer depuis toujours, celui qui pourra combler votre grand vide intérieur.

Obsédée? Peut-être. Mais je sais d'ores et déjà que je n'aurai pas à faire concurrence à un match de hockey télévisé avec l'homme de la maison. Je ne me disputerai plus à propos du prix du beurre et d'autres conneries domestiques. Je n'aurai pas à supporter la famille et les amis du conjoint. En voyage, on peut tirer sa révérence après une nuit, un week-end de rêve ou quelques mois fabuleux. La seule consigne: éviter de se briser le cœur!

Et me voilà partie pour Athènes!

L'arrivée

L'avion se pose douloureusement sur le bitume grisonnant de l'aéroport d'Athènes à six heures du matin. Il pleut. Je hèle un taxi jaune et me laisse innocemment conduire par un vieux chauffeur.

Surprise lorsque vient le moment de régler la course: *Special price for me,* le double! Et en plus, ce chauffeur me conduit à l'hôtel qui appartient à son cousin. Un hôtel de catégorie moyenne, très moyenne, pour lequel il me faut négocier le prix. Je gagne enfin une chambrette aux murs jaune pâle, au 7e ciel, avec Ô vision! vue sur l'Acropole accrochée à sa colline. Ce n'est qu'en me brossant les dents que je réalise pleinement que je suis bel et bien en Grèce.

La Grèce, j'en ai rêvé. Ce pays qui m'a toujours attirée. Sans doute à cause des affiches dans les agences de voyages de l'avenue du Parc à Montréal et leurs jolies petites maisons blanches, le ciel super azur et la mer turquoise qui nous invite à s'y baigner.

J'en rêvais surtout l'hiver, les deux pieds mouillés par la slush, en revenant de l'épicerie grecque du coin où ça sentait bon l'ail, l'huile d'olive, le poisson fumé, le baklava et tout ce qu'on voudra d'exotique. J'en bavais et je rêvais d'être là-bas, sur une de ces îles, à philosopher, à jouer aux échecs, à faire dorer mon corps de déesse et à manger une salade grecque tout en buvant un verre de retsina. Pour être honnête, je dois avouer que les Grecs de Montréal me laissaient cependant plutôt froide. Probablement parce qu'ils me causaient angliche et que ça me faisait skier. Puis j'aimais pas les regards qu'ils me lançaient. M'enfin, de la Grèce, ça j'en rêvais!

Et maintenant, j'y suis. Mais, à Athènes, le ciel est gris, les maisons sont grises de vieillesse et de pollution, et dans la rue, ça gronde et ça klaxonne. La circulation est dense, les gens se pressent pour travailler tandis que moi je m'apprête à aller déjeuner.

J'ai toujours été sensible aux hommages des humbles, qui vont du sifflement au coup de klaxon, du cou dévissé à l'accident provoqué par l'innocent conducteur plus attentif à la longueur de mes jambes qu'à la longueur de son véhicule... Mais là, ça dépasse les bornes.

Je connais bien l'effet que je produis, et souvent j'en profite. Mais ici, à Athènes, c'est du sérieux! C'est même sérieusement grave. Quel épuisement quand les hommes vous pourchassent sans arrêt. Il faut savoir qu'un regard trop curieux, un minuscule sourire, peut déclencher tout un harcèlement. Ces êtres primaires prennent tout pour une invitation et une invitation pas seulement à la conversation! À Athènes et à Plaka en particulier, les rues sont remplies d'organes sexuels ambulants.

Alors, c'est pratique quand on ne pense qu'à ça, y a qu'à choisir dans le tas. On regarde un type à la hauteur de la braguette, pour évaluer s'il y a de quoi combler le grand vide intérieur. Si oui, tu te le fais, si non, tu passes. Mais trop, c'est trop. L'abordage est trop rapide. Après un certain temps, lorsqu'on a le goût de rester seule, cela devient assez compliqué. La chasseresse devient ici proie sexuelle. Ce qu'ils peuvent être arrogants et imbus de leurs slips, les Athéniens! Ils s'imaginent indispensables pour te tenir compagnie, te protéger, t'enseigner le grec, te faire visiter la ville en commençant par ta chambre. Certains t'offrent carrément leurs services d'amant. Fascinant!

Toujours rousse comme un automne québécois, moulée dans un jean 501, j'essaie (encore!) de passer incognito, affichant le détachement d'une astronaute. Rien n'y fait. Je me fais aborder en anglais, en français, en grec, ils sont polyglottes. J'essaie d'être muette, évasive, prétendant que j'attends mon fiancé, mais leur persévérance est désarmante.

N'ayant finalement pas réussi à décourager un monsieur d'âge mûr, plutôt élégant, qui m'invitait à déjeuner, j'ai cédé. Il avait de belles manières, de beaux yeux et de jolies mains. Nous avons donc déjeuné copieusement sur une terrasse. Il est professeur d'histoire. Nous avons parlé mythologie grecque. Il a réglé l'addition, puis nous nous sommes quittés gentiment. Lili a promis de l'appeler en revenant à Athènes... On verra.

Le reste de l'après-midi, j'ai zoné du côté du marché aux puces, autour de la place Monastiraki. Les marchés aux puces sont ici comme partout: de plus en plus de souvenirs et de kétaineries pour touristes, de moins en moins de choses intéressantes. Dans le typique, il y a les sandales, les poteries et le comboloy, un super gadget pour les nerveux qui ressemble à un chapelet qu'on égrène. Je me suis acheté une paire de sandales, j'ai craqué devant une pâtisserie aux noix et au miel. Couverte de miel, je suis rentrée à l'hôtel. Lavée, reposée et repomponnée, je suis ressortie.

Pour ma première soirée, j'ai choisi le Plaka. C'est un peu comme le Vieux-Montréal le samedi soir, sauf qu'ici les plouc, plutôt qu'un sac brun, portent un kodak en bandoulière. Mais le mélange touristico-hellénique et l'odeur des brochettes me font penser, sans nostalgie aucune, à la rue Prince-Arthur. Architecturalement parlant, Plaka est toutefois beaucoup plus intéressant. Les maisons, qui datent pour la plupart du XIXe siècle, ont été transformées en tavernes. Certaines sont de véritables arnaques à touristes, avec leur ambiance typique de bouziki délirant. D'autres, au contraire, ont un décor kitch hellénique. Plaka est le coeur de la vie nocturne athénienne; les discothèques et bars abondent. Les rôdeurs en rut aussi.

Je choisis une petite terrasse, près de la place Filomousou et y commande un souvlaki. Ce dernier est en tout point semblable à celui du Coin Grec sur l'avenue du Parc, mais le cadre est tout de même, et fort heureusement, très différent. Quant aux autochtones, ils ne sont pas nécessairement plus beaux qu'à Montréal. Plus bronzés sans doute, mais peut-on parler de beauté grecque?

On vantait souvent la beauté dans la mythologie grecque. On a tellement célébré la gloire des corps et des visages grecs... Pourtant, à vue de nez, sont bien ordinaires, les Grecs. On peut dire que la race n'a pas embelli avec les siècles.

En face de moi un produit local, genre bedonnant graisseux, n'arrête pas de me dévisager en affichant un sourire mielleux. Je l'ignore, tout en continuant d'écrire mes réflexions sur le coin de la table. Il ressemble comme deux gouttes d'huile d'olive à un serveur de Chez Panos, rue Duluth. Bref, il me distrait. Où en étais-je? Ah oui, la beauté grecque.

Je me demande, à l'instar de Michel Déom de l'Académie française: «Que s'est-il passé, quel désastre a ruiné les apparences physiques de ce peuple, quelle main lui a modelé un autre visage, brisant d'un coup maladroit le sublime alignement du front et du nez?» Bonne question, en effet, qui donc a pris les ciseaux? Ah! ces académiciens! En d'autres mots: «Les hommes qui sont beaux comme des Adonis ou des Apollon ne courent pas les rues à Athènes.»

Ouais, à Athènes, les Grecs ne sont pas vraiment plus beaux qu'à Montréal ou ailleurs. Pas plus moches non plus.

Pour qui aime le genre trapu, poilu et frisé noir, il y en a plein la rue. Mais évidemment il doit s'en trouver des plus beaux. Je ne fais qu'arriver en ville, qu'on me laisse le temps de repérer l'Hercule ou l'Ulysse de mes rêves! Telles sont mes premières impressions helléniques. Je rentre sagement à l'hôtel, pour me reposer un brin. Demain, qui sait, je serai peut-être plus d'attaque. *Kali nickta.*

Athènes

Deuxième journée à Athènes. Je me glisse parmi un groupe de touristes germaniques et je visite l'Acropole. Pauvre Acropole, elle en a sué, la vieille. À cause de la pollution qui ronge la pierre, les Américains voulaient la recouvrir d'un dôme de plastique. À l'ère du sexe au latex, du biberon Playtex et des pantoufles en Phentex, pourquoi pas les ruines sous emballage plastique? Oh! chère Athéna, quelle époque vivons-nous! Mais le projet a été abandonné, laissant le plus célèbre haut lieu de l'Antiquité à ses virus. N'empêche que, j'ai été impressionnée par l'ensemble des colonnades, même si le tout m'a un peu déprimée. Les ruines ont toujours ce quelque chose de triste, et dire qu'on paye pour les voir! De plus, j'avais mal aux pieds à cause de mes nouvelles sandales. Je suis redescendue par les ruelles et les escaliers de pierre du Vieux Plaka en clopinant, suivie, hélée et sifflée par un quatuor d'autochtones. Je les ai ignorés, et suis rentrée à l'hôtel pour me reposer et écrire.

Le deuxième soir, je me rends sur la place Syntagma avec ses cafés et ses gros hôtels, puis sur la place Omonia. Me voilà à nouveau tournant en rond dans Plaka! Attirée par l'animation qui règne, par la musique et les chants, ainsi que par un creux à l'estomac, je me retrouve dans une de ces tavernes grecques où l'on boit, chante et délire. Une taverne genre Vieux Munich... à la grecque. Sauf qu'ici, en plus, on peut casser des assiettes (coutume assez lucrative en Grèce et assez étonnante). Comme de raison, je me fais aborder. Des jolies femmes seules, il n'y en a pas des masses. De mon côté, je fais également du repérage: le beau serveur qui m'aborde avec un drôle d'accent... italien, je crois bien. Dans ce bar folklorique, un jeune serveur italien, ça détonne un peu.

— Hep... Garçon! Hey... Waiter!

Non, ça ne marche pas.

— *Senior, signore!* Hum... du poivre, s'il vous plaît!

— *Qué?*

— Poivré... piquenté!

Je lui fais le geste avec la main, les doigts arrondis sur un objet oblong imaginaire. Hourra! Il a compris. *Subito presto,* il revient avec le poivre et ses yeux piquants.

— *Grazie! Gracia!* Merci!

— *Francesa?*

— *Si!* Oui!

— *Sola?*

Ah! très seule. Si seule, si vous saviez. Je suis seule ce soir. *«I am so lonesome tonight»,* que je me fredonne. Je me contente seulement de sourire et de dire: *«Italiano?»*

Son français est accentué.
— Zolie femme comme vous, pé pas être sola!
Cent pour cent d'accord avec toi mon joli!

Pendant ce temps, avec un petit air perplexe, il me verse de la retsina en me fixant dans les yeux jusqu'à ce que le verre déborde. Confus et embarrassé, il s'empresse de venir nettoyer ma table avec délicatesse. Pendant qu'il est ainsi penché devant moi, je peux à loisir l'observer de près. Muscles élancés, longs doigts fins aux ongles propres, gestes pleins de charme et de jeunesse... Il me sourit et retourne prendre son service.

Quand il revient à ma table pour m'amuser et me taquiner légèrement, je ne retiens pas vraiment mes doigts d'exploratrice et je frôle sa cuisse appuyée sur le bord de la table. Je souris par en dedans. C'est un vieux truc, une des façons les plus simples d'attirer l'attention d'un homme, et encore plus facilement d'un serveur; il s'agit de laisser gentiment et distraitement vos doigts se balader le long de sa cuisse. Après ce premier contact physique, je peux garantir qu'il ressentira une excitation telle qu'il est peu probable qu'il résiste longtemps. Une autre méthode, beaucoup plus directe cette fois, consiste à lui saisir carrément le sexe. Je connais une copine qui a fait ça à un jeune homme dans une discothèque, mais il faut vraiment avoir du front tout le tour de la tête. Disons que dans notre cas, je préfère la subtilité et me contenterai d'un léger et distrait frôlement de cuisse.

— Vous z'avez un zoli sourire.

— Vous aussi vous avez un joli sourire, que je lui réplique.

J'ai plein d'idées en tête. Après le dîner, il me propose d'aller prendre un verre avec lui. Il termine vers onze heures.

Le restaurant s'est vidé et je finis le dé à coudre d'ouzo qu'il m'a servi. Le temps de payer l'addition, le voilà. Vestonné, cravaté, peigné, parfumé, il me prend par la main et nous traversons un parc tranquille. Athènes, du coup, ne me fait plus peur et me semble un endroit romantique.

Nous bavardons. Il se nomme Gino Degli Alberti. Le Degli veut dire ici que sa famille a fait partie, jadis, de la noblesse italienne et qu'elle était assez nombreuse pour se référer au pluriel. Même s'il est plutôt jeune, 28 ans, il me fait penser à ces modèles anciens de prétendants qui s'amusaient à camoufler leurs aspirations sensuelles en jouant l'amoroso sentimental. Il me raconte brièvement pourquoi il a quitté Florence pour venir travailler à Athènes et qu'il veut retourner, cet automne, en Italie pour continuer ses études.

Puis, il revient aux choses de l'amour. Plutôt spirituel et primaire, il m'explique que les Italiens ont trois façons de désigner le baiser: *oscula,* baiser amical sur la joue; *basia,* baiser affectueux sur la bouche et le *suavia,* baiser amoureux sur les lèvres, bien entendu le tout appuyé d'une belle démonstration. Je comprends mieux ainsi. Le *suavia* est incontestablement celui que je préfère. J'aime ses lèvres pulpeuses, épaisses et spongieuses, qui se collent à ma bouche entrouverte. Nos langues

se mêlent. Il a une haleine d'herbes fraîches. Ah!
le bouche-à-bouche, quelle agréable façon de commencer l'apprentissage d'une langue. La langue
italienne est si... *bella*. J'essaie de me remémorer
quelques phrases que ma copine Sabrina m'avait
enseignées avant de partir pour mon tour du
monde. Le genre de phrases utiles pour la femme
qui voyage seule en Italie:

— Je suis libre ce soir.

Sono libero questa sera.

— J'adore le pepperoni au lit.

Mi piace il salami al letto.

— Où peut-on acheter des condoms?

Dove possiamo compare preservativo?

— Masturbe-toi devant moi.

Masturbati davanti me.

— Je vais te faire une pipe.

Ti devo fare un pompino.

— Dis-moi des paroles douces.

Dimmi delle parole dolci.

— Vas-y, dis-moi des cochoncetés.

Dae dimmi delle porcherie.

— Plus fort, encore! encore!

Pui forte, ancora! ancora!

— Je jouis, je jouis.

Godo, godo.

— Je viens, je viens.

Vengo, vengo.

— Comment, c'est déjà fini?

Come a finito di cia?

— Refais-le-me-le.

Rifammelo.

— Tu es le meilleur.

Tu ser il migliore.

— J'aime faire l'amour avec toi.

Gusta fare l'amore con te.

— Merci d'être venu.

Grazie di essere venet.

— À l'année prochaine.

A l'anno prossimo.

Mais dans le feu de l'action, j'oublie tout — enfin presque. Enfin, il me prend dans ses bras. Nous nous embrassons encore voluptueusement. Me voilà excitée, je sens son ardeur durcir inexorablement. Des bruits de pas résonnent sur le pavé. Nous reprenons notre marche, enlacés. Une seule idée: trouver un petit coin tranquille où nous pourrons paisiblement chercher la voie délicate du plaisir.

Je ne veux pas le ramener à mon hôtel. C'est plus excitant dehors, la nuit est douce et j'aime bien les extrêmes. L'extrême confort ou l'extrême incertitude du là, maintenant, tout de suite. Avec la spontanéité et le risque de se faire prendre en flagrant délit.

Cela dit, ah *la bella aventura qué commenca! Grande frissone!*

Nous nous dirigeons près d'un mur d'une ruine, au pied d'un monument sombre et discret. Debout contre la pierre, il me ré-embrasse *passionnata*. Il me plaque contre le mur et sa main me patine la poitrine. Il me débite alors des choses en italien que je ne peux traduire. Il me parle avec des mots que je ne connais pas. Je l'encourage. J'imagine qu'il me dit des trucs passionnés.

— Où étais-tu toute ma vie, ma merveilleuse, ma fabuleuse, ma déesse, ma sublime?

À moins qu'il ne me raconte les pires cochoncetés italiennes du type:

— Oh! ma salope. T'aimerais bien que je te bourre avec ma grosse queue. Hein, ma cochonne?

Il veut me faire le *coïtus interruptus*. Je n'ai aucune idée de la manière dont on dit cochonne en italien, mais je pige lorsque j'entends *bella, bella*. Enfin peu importe, l'imagination tient lieu de déclencheur et je fantasme sur tous ces trucs insensés que j'aimerais qu'il me raconte. Depuis mon passage en France, je suis plus sensible aux mots. Il cause et ça me chatouille les oreilles. C'est que c'est chantant l'italien. J'aime bien! Moi, je lui cause en français et ça l'excite. Je lui envoie plein de belles choses incohérentes que je lui susurre à l'oreille: «Les chemises de l'archiduchesse sont-elles sèches, archisèches...» Des trucs sexy quoi!

Il se blottit contre moi, me la ferme par un autre baiser. Puis l'*amoroso* défait mon bustier (*from Paris*), découvrant mes seins pointus, hérissés d'excitation. Sa bouche quitte brusquement la mienne pour se refermer sur le petit bout qu'il se met à sucer gloutonnement. Dans sa bouche, j'ai l'impression que mes seins doublent de volume. Puis sa main caresse l'intérieur de mes cuisses, remontant jusqu'à mon pubis enfoui dans sa petite culotte, tendrement mouillé. Nous nous démenons un peu pour la retirer et il m'en fait une de ses mains. Je referme mes cuisses sur cette présence merveilleuse. Ses doigts ne restent pas immobiles en moi et je me sens fondre sous cette agitation frénétique.

— Tou es houmide, me glisse le *bellissimo.*

— Yé suis pas timide non plus.

Dans son pantalon tendu à craquer, je sens la colonne de chair imposante et tendue. Je le dégrafe avec une douce autorité et la libère de son *pantalone,* pour ainsi voir s'exposer un glorieux raidissement, à mon plus grand ravissement. Il veut faire l'*amore, l'amore!* Là, ça va être le temps de lui enfiler le condom. Comment dit-on condom en italien? Capote? *Condome? Presartivi?*

La vision du condom le surprend, il prend l'air ahuri de celui qui trouverait une souris sur son truc. Il résiste à l'idée. Il me danse la valse hésitation. Imperturbable, je lui dis: «C'est ça ou pas *d'amore, Cherio!*» Là, je dois cependant m'armer de patience, ça serait dommage de nous être déslippés pour rien. Allons, soyons gentil, guili guili! D'une main je dois entretenir son membre érectile et de l'autre dérouler le condom.

Mierda, ça veut pas rentrer, je le sens défaillir. Zut, je déroule du mauvais bord, ça marche pas, je re-essaie, scratch... le condom déchire. C'est bien ma chance. Ça l'angoisse, le pauvre, il se recroqueville. Panne momentanée de zizi. Nos ébats sont pour le moins suspendus. Pendant que je fouille dans mon sac à la recherche d'un autre préservatif, mon *italiano* semble s'impatienter. Je trouve un Ramses lubrifié et retrouve son engin terrorisé, diminué.

Il faut repartir à la case départ. Il ne dédaigne pas la douce caresse manuelle qui, du coup, le remet sur la voie du plaisir. Ça y est *«Che lo duro»,* dit-il. Une fois qu'il est bien dur, je re-essaie l'installation de la «chemisette de Vénus». Il ferme les yeux, serre les dents, émet un petit couinement mais au moins, ça y est. Ramses est roi, vive le roi! Je l'aurais probablement terrorisé raide mort si je lui avais proposé des condoms fluo qui brillent dans la nuit. Enfin, sous emballage latex, nous reprenons nos ébats.

Nous sommes en équilibre comme deux hérons dans les bois et il me pénètre à fond de train. Nos halètements se font de plus en plus saccadés et en même temps que j'entends son râle, je sens ses doigts se crisper sur mes hanches. Après la surprise de son orgasme, si bref, instants de rires et de baisers. Il est temps pour moi de regagner sagement mon hôtel. *Sola.* Je dois être en pleine forme demain, car je pars vers une île grecque. *Arrivederci.* Mon jeune serveur est un *amante fantastico mais rapido,* et mérite deux bites au *Guide Gulliver*: Plat du jour, ordinaire. Remarquez qu'il était un peu nerveux. Enfin pour une petite vite au clair de lune, c'était correct.

Bonjour, chère détrousseuse sans scrupule.

J'ai lu avec intérêt ta passe avec le serveur italien, ça avait l'air plutôt amusant. Les «one night stand» n'ont pas l'air de te déranger. Comment dit-on en italien? Amante de servicio?

Moi, je ne sais pas si c'est parce que je vieillis et m'assagis, mais je te confierai que j'en ai assez de ces petits coïts sans émotion. Paranoïa des maladies, envie de grands frissons.

J'en ai assez de me faire bricoler sans émotion. Est-ce vraiment si moche de démontrer ses sentiments? Je repense au dernier amant que j'ai utilisé, c'est drabe. On a baisé silencieusement, chacun cherchant son plaisir pour lui. Après, on fait comme si rien ne s'était passé, finalement. Le quotidien prend le dessus. J'allume la radio, Le Bigot raconte n'importe quoi mais ça meuble. La Grimaldi raconte avec enthousiasme un spectacle pour lequel je feins de m'intéresser sérieusement, tout en sachant bien que j'irai pas le voir. Je lui fais un café, avec ou sans sucre? J'ai pas vraiment le goût de lui faire des œufs. Je lui propose au moins des céréales, c'est bon pour le transit intestinal. Puis, j'ai un léger blues. L'affaire est conclue, terminée. On a joui seul, chacun de son côté du latex. On va jeter les condoms de la veille et vlan! à nouveau seule, le

*corps plein, le cœur un peu vide. C'est platte...
C'est le lot des aventures d'un soir. Cela dit, ça
ne m'empêche pas de récidiver parfois. Il n'y a
quand même rien de mieux que la chaleur
humaine et j'ai quand même pas envie de sé-
cher. Mais je drague de moins en moins les
papillons d'une nuit. J'espère que bientôt, je
vais trouver quelqu'un cherchant à se stabiliser.*

*Ce que je te raconte ce matin ne fait pas
très joyeux et j'espère ne pas atténuer tes joies
de la découverte. Je voulais juste te transmettre
mon émotion. J'avais envie de te parler. Je sais
que tu fanfaronnes, Lili, et que même si tu
donnes cette impression de t'éclater, tu caches
tes émotions. Derrière ton masque de charmeuse
aux allures de fonceuse et de tombeuse, se cache
une fille sensible, voire pudique. Ne crains rien,
je n'en parlerai à personne, mais je le sais. Cela
dit, tu peux jouer les Casanovettes, tu me fais
rire, mais ne te perds pas.*

*Puis les Casanova, il n'en court pas qu'en
Italie ou en Grèce. Hélas! La situation des hommes d'aujourd'hui n'est pas rose, au Québec
comme en Amérique, si j'en crois tout ce que je
lis dans les magazines féminins. Pour me le
prouver encore plus, j'ai lu un livre qui m'a
déprimée,* Le Complexe de Casanova. *Il y a une
brochette d'hommes qui en sont atteints sans
même le savoir, paraît-il. Le «complexe de Casanova» c'est pas un style de vie, c'est plutôt une
espèce de maladie liée à des troubles narcissi-
ques de la petite enfance. «Il s'accompagne d'une*

fausse notion du moi, à la fois grandiose et fragile, avec en prime une soif inextinguible d'affirmation et de réconfort.» Pour les Casanova, tout, depuis les sentiments jusqu'aux relations humaines, est un produit de consommation. Tu lis ça, ma fille, puis tu trouves des bébites à tout le monde. Même toi, ma courailleuse, j'ai découvert que toi aussi tu souffrais du complexe de Casanova, ou plus précisément du complexe de Catherine la Grande, si tu préfères, c'est son pendant féminin.

Tu sais, ce goût que tu as pour l'aventure, le changement et les sensations fortes? Tu te souviens de ton dicton à la con: pas de changement pas d'agrément? Eh! bien les gens qui cherchent, comme toi, les sensations fortes sont des «paradigmes de la génération vidéo», ça veut dire qu'ils (elles) ne peuvent vivre sans la nouveauté et l'excitation qu'ils sont habitués à trouver chez les autres, aussi facilement qu'on change de chaîne de télévision. Je cite:

«Souffrant d'ennui chronique, incapable de suivre le programme avec la moindre attention, ils passent d'une chaîne à l'autre, ils zappent. Lorsqu'ils ont épuisé les possibilités de leur partenaire, «allez hop! Cascade, on zappe». Il paraît que cette rotation rapide du désir signifie que tous les objets sont interchangeables. Et l'on rajoute que les Cananova (filles ou gars) jaugent l'amour aux sensations fortes qu'il leur procure. Il faut donc chercher ailleurs, chez d'autres personnes qui, inévitablement, se révéleront aussi

ennuyeuses que celles ou ceusses qui les ont précédées. Tu te rends compte, Lili! Ne te reconnais-tu pas quelque part dans cette histoire, toi, mangeuse d'hommes, consommatrice de bites. C'est pire que la dope et l'alcool, mais rassure-toi, après une bonne thérapie, tu vas peut-être t'en sortir. Voilà, je t'écrivais tout ça pour te donner matière à réfléchir. Tu sais, Lili, en plus de la queue, des couilles et du poil, il n'y a pas que le sexe dans la vie, il y a aussi les états d'âme. J'aime bien lire tes petites histoires de cul, mais tu pourrais nous parler un peu de tes émotions si ça te dit. En tout cas, moi, depuis que j'ai entrepris ma thérapie, je vois les choses avec beaucoup plus de profondeur. Chacune son trip, hey! Enfin, amuse-toi bien et au plaisir de te lire.

Lucie

Hydra

Hydra n'est qu'à trente-cinq milles marins d'Athènes, à trois heures de bateau du Pirée.

Lorsque j'arrive sur la petite île d'Hydra, un fort sirocco souffle. Les bateaux valsent dans le port et les vagues viennent s'écraser en éclaboussant le trottoir presque vide, en ce clair matin d'avril. Quelques ânes, plantés sur le port, attendent maîtres et passagers. Dans les cafés, quelques touristes et des pêcheurs sirotent un café ou un ouzo en regardant vaguement danser les barques et les voiliers.

«Si seulement vous restez étendu sur le pont à regarder les agrès se balancer doucement sur le fond de lumière d'un blanc pur, vous serez content d'être en vie pour profiter d'Hydra», écrivait Lawrence Durrel.

Je suis contente de voir Hydra. Je suis cependant fatiguée par la traversée houleuse depuis le Pirée. Dans la foule excursionniste, je n'ai rien repéré qui vaille, alors j'avance lentement, chargée comme un mulet. Voyager léger, moi je n'y arrive pas, je transporte le poids de ma coquetterie. On m'interpelle déjà: *«Looking for a room?»* Une chambre? Oui, une chambre.

L'homme, un Grec dans la trentaine, allure de crooner rare, sapé comme un énarque, me propose de prendre une chambre chez lui, dans une pension nommée *Paradise Room*. Rollando, de son exotique prénom, tourne de jolies phrases pour me persuader de prendre une chambre à sa pension. Il essaie de se rendre intéressant en jouant l'homme civilisé qui a beaucoup voyagé et réussit presque à me convaincre qu'il s'agit d'une bonne affaire. C'est super, *Paradise Room,* ajoute-t-il.

J'accepte d'aller voir. Je suis contente lorsqu'il me propose l'âne de service pour transporter mes valises. Je lui trouve une tête de corbeau, à ce type.

«Si votre plumage n'a d'égal que votre ramage...» Je pense à La Fontaine. On arrive à *Paradise Room*. Déprimant. C'est moche, sale, sombre, avec un petit lit de fer aux draps douteux et des planchers poussiéreux. Le robinet du lavabo a la goutte au nez et fuit. Moi aussi je décide de fuir au plus vite. Trop téteux pour être honnête, ce type. Je devrais commencer à le savoir.

Je me retrouve un peu plus loin, dans une pension beaucoup plus jolie au nom plus modeste, pension Flora. Je loue une jolie chambre blanche avec un grand lit aux draps fleuris. Une grande fenêtre, ornée de rideaux également fleuris, s'ouvre sur un jardin où poussent des arbres fruitiers. La vue est magnifique. Du balcon, on peut voir presque toute l'île et écouter les bruits de l'île, où il n'y a qu'un seul camion et plusieurs ânes. Les gazouillis surgissent de partout. C'est le printemps, les iris, les anémones, les cyclamens profitent d'un tout petit bout de terre pour se gorger des premières pluies. Les fines herbes embaument l'air.

Je suis comme dans mon rêve. La pension est tenue par un jeune Grec, Kosta, d'allure *cool cat,* avec une petite queue de rat qui pendouille dans son cou. Je m'entends bien avec lui. Il y a aussi deux couples de passage et Vangelis. *Who's Vangelis?* Je vous le dévoilerai plus tard. En attendant, j'en profite pour aménager ma chambre, y épingler quelques cartes postales pour faire joli, puis je sors. Une marche à Hydra, faut le faire! Hydra compte des milliers de marches.

Le potentiel mâle semble intéressant. Au retour, je m'installe sur mon lit, prends *Zorba le Grec* (le livre) et commence à lire. Il me réconcilie avec les Grecs. «Celui qui peut coucher avec une femme et qui ne le fait pas, dit-il, commet un péché.»

«Quand une femme t'appelle pour partager sa couche, mon garçon, et que tu n'y vas pas, ton âme est perdue.»

Combien d'hommes auraient intérêt à lire ce livre! Zorba, dit-on, n'était pas loin de la sagesse orientale, il avait cette attitude qui permet au spontané d'être spontané.

On frappe à ma porte. J'ouvre. Oh Zeus! Qui est là? Apollon lui-même, mieux connu sous le nom de Vangelis. J'exagère à peine. Il est super, le discobole.

Debout devant ma porte, donc, un Adonis, six pieds deux, me sourit. Je lui rends son sourire et l'invite à entrer dans ma chambre. Il sort son paquet de cigarettes et m'en offre une. Je ne fume pas mais lui permets de s'allumer.

Sa bouche, d'un tracé parfait, me dit *Kalismera. Hello!* Ses beaux yeux vert laitue romaine, encadrés de sourcils d'ébène comme ses cheveux, brillent dans ma chambre. Ses jambes, longues et droites, qui soutiennent un corps doré, avancent vers moi jusqu'au pied du lit.

Deux merveilleuses fossettes apparaissent, provoquées par le sublime sourire qu'il affiche. Il me regarde, je suis légèrement vêtue mais j'ai subitement très chaud. Il tient, dans ses longues et fines mains, un livre, *Le Français en 90 leçons,* et me demande en grec, avec des gestes grecs, si je veux lui enseigner cette belle langue.

Je suis maintenant assise sur le lit et il pose ses jambes près de moi. P.-S. Il est en short. Je suis en minijupe.

Avec ce bon prétexte, nous commençons la leçon, français pour lui, et grec pour moi. *Tikanis?* Ça va? Vous me suivez? Je répète après lui en grec et lui après moi, en français. Répétons! Je répète, tu répètes, nous répétons et nous nous trouvons drôles avec nos accents.

Aujourd'hui: *Simera.* Demain: *Avrio.* Bonjour: *Kalimera.* Salut: *Yassou.* Au revoir: *Chèrè.* S'il vous plaît: *Parakalo.* Bon: *Kalos.* Mauvais: *Kakos.* Où se trouve: *Pou iné.*

Nous jouons les perroquets, mais cet exercice va trop vite pour pouvoir tout retenir. Et si on essayait l'anatomie? Comment dit-on tête, en grec? Oreilles? Nez? Bouche? Cou? Alouette, alouette, je te plumerai.

Ma bouche est soudainement remplie par sa langue grecque qui se mélange bien à la langue française, même avec son léger goût de feta. Car entre-temps, nos corps se sont subtilement rapprochés. Nos jambes se touchent puis les coudes, les bras, les épaules, les hanches. Nos corps dialoguent. Zeus! qu'ils sont bavards.

Nos livres sont tombés par terre et nous nous enroulons sur le lit. Sa langue continue à fusionner avec ma langue résolument bilingue. Apprendre le grec par le langage du corps me semble, en cet après-midi, une façon bien agréable d'étudier les mœurs et coutumes d'un Grec à l'horizontal. Mon brillant élève et professeur est un érudit d'anatomie.

Sa langue, très mobile dans les super-huits, trouve le vocabulaire qui lubrifie, me rendant ainsi très lubrique. Il m'irradie. Puis nous en venons aux choses sérieuses. Il se glisse au bord du lit, se met à genoux, enfonce sa tête entre mes cuisses et lorsqu'il me sent bien juteuse, se pointe à l'entrée.

Comment dit-on condom en grec? Avec tout ce qui court, mon gars, t'as intérêt à te tourner sept fois la bite dans le caleçon avant de baiser. Je lui enfile le gantelet à un doigt, il ne résiste pas, mais on sent qu'il n'a pas l'habitude. En lui prenant la bourse, je constate qu'il ne possède qu'un seul testicule, tout comme Napoléon. Dans l'Antiquité, on prêtait à ceux qui n'avaient qu'un testicule une grande vigueur sexuelle. Je peux confirmer que c'est encore vrai dans notre ère post-nucléaire. Quelle vigueur, mes sœurs, quelle énergie! On sent qu'il y met du sien.

Très bien classé au *Guide Gulliver*. Les vacances insulaires commencent du bon pied!

Une fois la leçon de français terminée, Vangelis bondit hors du lit et me prie de venir nager avec lui dans la mer. Il connaît un endroit tranquille où on peut nager tout nu. Cinq minutes plus tard, nous nageons côte à côte, contents. La mer brille. Je suis ravie, il y a longtemps que je n'avais pas vu un paysage aussi beau et que je ne m'étais sentie aussi bien, aussi libre. La Grèce, en cet après-midi, me semble un pays où il est possible de jouir de tout. Le soleil, la mer, la sieste, les caresses et les amants de l'après-midi.

De retour à l'hôtel, Vangelis regagne sa chambre, voisine de la mienne, et moi la mienne. Vangelis gère le restaurant de son frère, il doit travailler. Nous convenons d'un code pour la reprise éventuelle des leçons. Lorsque je mets ma petite culotte au bord de ma fenêtre, cela signifie qu'il peut venir. Sinon, Miss Lili se repose ou fricote d'autres plans. Cette île regorge de ressources, je le sens.

Après une magnifique semaine remplie d'activités agréables, comme ces cours de grec plutôt éreintants, les baignades, les beuveries avec de nouveaux amis, je rencontre le capitaine Jack, au Pirate Bar. Un type dans la quarantaine avancée, très sympathique, qui est à la recherche d'une co-équipière pour voguer sur son voilier jusqu'à Corfou.

Il me propose d'être de l'aventure... J'y réfléchis, le temps d'un ouzo, et j'accepte. Jack a bonne réputation sur l'île; il s'occupe de la location de voiliers à Corfou et il vient régulièrement à

Hydra, où il passe l'hiver. Naviguer, un autre de mes rêves qui devient réalité.

Ce soir-là, on célèbre la nouvelle en grand. Accompagnés de Kosta et de Vangelis, nous allons dîner dans une taverne sur le port. Vin blanc, kalamaradia, lahanika, des plats à base d'une tapenade locale, du taramosalata, des purées de légumes et de légumineuses, des crèmes, des sauces aromatisées comme on en retrouve dans toutes les îles de la Méditerranée. Retsina et ouzo.

Vangelis est un peu tristounet de perdre son professeur, mais je ne m'inquiète pas pour lui, l'Adonis, il trouvera bien une autre maîtresse d'école. Déjà, une Allemande lui tourne autour. Une chose est certaine pour ces beaux Adonis insulaires: une liaison amoureuse durera peut-être une nuit, une liaison importante le temps des vacances de madame, mais il ne faut pas être dupe. Pour eux, il y aura toujours de nouvelles femmes à l'horizon: Françaises, Anglaises, Allemandes, Hollandaises, Américaines, Québécoises. Tant qu'elles débouleront, tant qu'ils les éblouiront, ils s'occuperont d'elles.

Je ne dis pas qu'ils n'éprouvent aucun sentiment, mais le phénomène de l'abandon, ils connaissent. Ils s'adaptent bien à la nouveauté. Ils possèdent, semble-t-il, tous les stéréotypes des mâles polygames, infidèles et hypersexués. Certains insulaires sont à la voile l'été, et à la vapeur l'hiver (manque de femmes oblige). Je ne m'en fais donc pas pour mon cher étudiant en langues étrangères. Le cours intensif aura duré une belle semaine, jour et nuit. Avec des amants comme lui, il n'y a qu'à

se débrancher l'intellect en se laissant guider par
les sens. Ils font un tel cirque pour séduire qu'on se
dit qu'il faudrait être bête pour ne pas vouloir en
profiter. Peu importent les motifs. Et si on veut, on
peut même réussir à développer une amitié érotique intéressante. Le genre de relation exempte de
sentimentalité, où aucun des deux partenaires ne
s'arroge le droit de vie et de liberté sur l'autre.
«Fais ce que tu veux et on se voit quand on peut, si
ça nous fait plaisir. Tous les deux nous pouvons y
trouver notre compte.» Je sais, cela peut sembler
plutôt léger, il y manque le cœur, le grand déclencheur, mais en voyage, pour l'instant, ces petits
«trips de cul» sans conséquence me conviennent
parfaitement. Je suis une fille *légerte*...

Notre dernière nuit, nettement pompettes,
nous avons cru bon baiser à la belle étoile. Lui
bandant à la lune, moi le caressant en chantant.
Puis on a essayé de baiser en montant la bonne
cinquantaine de marches qui mènent à la pension.
Folie! Cela exige du souffle et un certain culot.
Mais les escaliers sont calmes, à Hydra la nuit.
Vangelis imitait le chant de l'âne en rut. C'était
drôle. Nous avons terminé le bal au lit, avec une
belle ré-jouissance.

Le lendemain... ouille! Ouzo bobo. Avec un
de ces maux de tête... Déjà les joies du mal de mer
sur la terre ferme! Vite, deux aspirines. Toute
chancelante, je me relève en fin d'avant-midi pour
me préparer à la grande aventure marine qui
débute demain.

Salut, ma courailleuse.

C omme il pleuvait des cordes, hier soir, je me
suis fait une petite soirée lecture et je suis
tombée sur un livre qui pourrait bien t'intéresser,
Le Mensonge amoureux, de Robert Blondin.
Savais-tu que tu appartenais au type d'amoureuses ludiques pour qui l'amour est un passe-
temps?

Sur le plan émotif, ça veut dire que tu ne te
lies pas très profondément et que tu ne souhaites
pas que tes partenaires s'engagent trop non plus.
On dit que les amoureuses ludiques voient plusieurs hommes à la fois, pas nécessairement en
même temps, et veillent à ne pas les voir trop fré-
quemment. Il me semble que ça correspond à ce
que tu vis en ce moment, non? Mais tout comme
moi, on pourrait aussi te classer dans la catégorie
des amoureuses érotiques. Celles-là, dit-on, ne
sont pas possessives, ni en état de manque. Elles
ne craignent pas de se retrouver seule, au
contraire, elles ont confiance en elles-mêmes et
consentent aisément à poursuivre un idéal.

Ne recherchons-nous pas toujours le fameux
homme idéal? On décrit aussi l'amoureuse fra-
ternelle ou amicale, ces personnes qui n'ont de

relations sexuelles que lorsqu'elles se connaissent depuis longtemps et songent habituellement à se marier et à avoir des enfants. C'est pas notre trip, marier un ami?

Les amoureuses maniaques, ça, par contre, on a déjà connu. Elles se consument par la pensée de l'autre, éprouvent des sentiments d'euphorie extrême quand ça va bien et s'écrasent quand leurs chums ne savent plus satisfaire leurs attentes. C'est la passion, avec la déception qui va avec. À chaque fois on y croit, hein?

Puis, il y a les amoureuses pragmatiques qui choisissent par intérêt. Couple assorti sur le plan pratique, les sentiments passent après. Idéal pour les mariages de convenance.

Cela dit, en réfléchissant aux descriptions de monsieur Blondin, j'ai noté qu'avec certains amants ou hommes de ma vie du moment, je pourrais être classée tour à tour dans toutes ces catégories, exemption faite de l'amour-amitié, et encore... Parce que, bien sûr, il existe de ces amants du genre bon coup mais rien dans le chou. Avec ceux-là, je me transforme allégrement en amoureuse ludique: «Au revoir, merci d'être venu, hasta luego, ciao bambino. On se rappelle, on déjeune un de ces quatre.» Bisous et au suivant.

Puis, il y a cette fois où, guidée par la voix de la raison, je me suis sentie devenir amoureuse pragmatique et avouons-le, intéressée. Comme la fois où je fréquentais ce directeur d'agence de pub. Là, j'avais tout soupesé. Son

âge mature (quarante-cinq ans), sa vie profes-
sionnelle, ses relations sociales, son aisance. Le
fait qu'il ait un fils d'une première union n'était
pas pour me déplaire. Je me voyais, jouant le
rôle de deuxième mère, mitonnant des petits
plats à son petit mari. Mes parents l'adoraient.
«Enfin un bon parti», qu'ils disaient. C'était pas
le meilleur coup du monde, mais la sécurité, la
stabilité, sa générosité, tout ça aurait pu com-
penser. Mais non! Ça n'a pas marché, mon
sacré physique a repris le dessus sur la raison.

N'empêche que des fois, la vie est imprévisible, puis on dirait que ça rit dans ton dos. Tu
veux un type à en virer folle, tu capotes sur lui.
Tu fais des pieds et des mains pour l'avoir, pour
le prendre dans tes filets, puis vlan! Tu arrives
dans un lit avec ton convoité et voilà que c'est
tiède, mollet, ouateux, pas du tout comme tu
l'imaginais. Tellement, que tu n'as pas trop
envie de recommencer l'acte. Lui, il te respecte,
il croit que t'es une fille bien et que tu n'es pas
une baiseuse (et pourtant, s'il savait, le pauvre).
T'as le goût de lui dire: «Pas ce soir, chéri, j'ai la
mi-graine.»

T'oses pas trop lui crever son nuage. Parce
que, quand il t'a dit que pour lui, le sexe, c'était
pas si important que ça, que ce qui compte, c'est
l'amour, les vrais sentiments, toi, toute gnagna,
tu as trouvé ça romantique à l'os. T'aimes beaucoup ça, les mots d'amour et les paroles douces
mais tu ne crois pas que sa langue, il ne devrait
s'en servir que pour te murmurer de petits mots
doux à l'oreille.

— *Hein, ma puce! On va se faire un beau câlin plein de tendresse, puis on va faire un beau dodo (sans cunni...).*

Là, tu te surprends à penser à cet autre grand dada que tu trouvais vraiment pas mal physiquement, mais qui est con comme une bite à genoux. Super-embarrassé lorsqu'il parlait en public et pourtant au lit, quelle bonne et belle affaire! Il était puissant, viril et baisait étonnamment bien. Quel calvaire! Tu en tombes presque amoureuse parce que lui, tu sens que tu l'as dans la peau. Tu l'as tellement dans la peau que tu attrapes les morpions qu'il t'a refilés en douce. Le beau salaud. Fin de la passion.

En mélangeant tout ça, on constate qu'au fond de nous sommeillent finalement plusieurs sortes d'amoureuses. Tout comme il existe différentes sortes d'hommes à aimer, finalement.

On est peut-être trop exigeante et pas si intelligente que ça. Y a qu'à faire comme certaines bonnes femmes qui vont au Sporting-Club du Sanctuaire. Tu te déniches un plein qui voit à t'entretenir pendant que, l'après-midi, tu vas te faire limer par un maître-nageur ou un prof de tennis. Pragmatique et ludique. En bonne passionnée, je ne serais jamais capable de faire ça, hélas! Il me semble qu'on est vraiment une génération de mêlées, de désabusées, de «fuckées». On en a trop vu et, comme des girouettes, on n'arrive plus à se fixer.

Prends nos mères, elles qui ont connu beaucoup moins d'hommes. Elles n'avaient pas à com-

parer entre les plaisirs du corps, de l'esprit et de l'alcôve. Elles se choisissaient un homme honnête, propre de son petit corps, travaillant, et elles composaient avec cet acquis. Nous, à l'ère de la consommation, on magasine, on fait dans les essais / erreurs, on jette après usage comme les vieux condoms. Ou on nous jette... On pratique la polygamie séquentielle.

Un homme, il faut que ça m'attire de toutes les façons possibles: sexuellement, intellectuellement, affectivement, socialement et... financièrement (c'est nouveau, mes critères se précisent avec l'âge). C'est pour ça qu'en attendant, je préfère avoir des amants chez qui je retrouve un peu de tout: des pour le cul, des pour la tendresse, des pour la générosité, des pour les bons restos, des pour l'humour. C'est ainsi que je réussis à me faire des soirées et des semaines intéressantes. Tout en attendant de tomber sur Monsieur Jack Pot, «l'âme frère».

Alors ces temps-ci, je dois t'avouer que je me contente encore d'amour fast-food, de casse-croûtes légers, sans grand intérêt, de types qui performent pas mal comme prestations occasionnelles. Il y a aussi des gars bien ordinaires, sans trop de fantasmes, que j'utilise comme surnuméraires à temps partagé, puisque pas tout à fait à la hauteur de mes aspirations.

Mais je t'assure, Lili, on dirait qu'il y a, au Québec, une pénurie de types extra. Il y manque ceux qui possèdent cette espèce de confiance en eux qui les rend irrésistibles. Je ne te parle pas

du nombre croissant de gars qui ont carrément
l'air fif. Ça ne drague pas fort. Pourtant, nous
les filles, Dieu sait si on met le paquet! On a le
style, la forme, le look Vampirella, décolleté plongeant, le nombril à l'air, les jambes épilées mais
rien n'y fait. Ils tètent leur bière, ils niaisent. Ils
ne se donnent même plus la peine de se tordre
le cou. À peine quelques petits regards furtifs et
sournois sur nos fesses.

Ce que je comprends en lisant tes aventures
helléniques, c'est qu'au moins en Grèce, une
fille passe difficilement inaperçue. On ne doit
pas faire tapisserie longtemps. Ça drague au
passage, ça siffle, ça aborde, ça gesticule, ça se
bouscule. Parle-moi de ça! Ça donne l'impression d'exister, ça remonte le moral.

Moi, ça ne me dérange pas du tout qu'on
siffle sur mon passage. Au contraire, j'aime bien.
Je suis en passe d'aller fréquenter des chantiers
de construction. Y a des types pas mal baraqués
qui ne demandent qu'à s'envoyer en l'air avec
une belle bougresse de bourgeoise de mon espèce.

Je te raconte mes fantasmes. C'est l'fun
d'écrire; on sait jamais où ça nous mène. Pis on
peut relire ses propres contradictions. Ris pas
de moi. Écoute, Lili, où seras-tu dans un mois?
Je viens d'avoir le flash que je pourrais te rejoindre en Grèce. Je sens que ce pays a tout
pour me divertir. Oui, j'aimerais bien te rejoindre. À cette seule pensée, me voilà déjà
prise d'une fébrilité haletante et joyeuse! Nous

imagines-tu, toutes les deux en Grèce? Nous ferions un malheur. Tenez votre comboloy, les boys. Tu sais, je suis un peu comme toi, sans être franchement obsédée par l'inconnu, je suis excitée par l'imprévue. Que dirais-tu d'une petite visite?

J'ai hâte d'avoir de tes nouvelles.

Mariloup

Montréal

Chère beauté des îles grecques.

Comme tu me manques! Il ne se passe pas grand-chose d'excitant à Montréal. La ville ressemble à une ville post-moderne tellement il y a de travaux de construction. Je présume qu'ils refont la tuyauterie urbaine au grand complet, et ça mène un bruit d'enfer. J'en ai les nerfs en compote.

Toi, sur tes îles grecques, tu dois t'en foutre magistralement du trafic, des embouteillages et des bruits de circulation. Je ne voudrais pas troubler ta saine béatitude, mais je t'envie en titi et je me demande bien ce que je fais ici. Surtout que côté cœur, ça brasse également au marteau pilon. Et le pire, c'est que c'est moi qui tiens le marteau.

Figure-toi donc que je suis en processus de rupture avec Antoine, le beau jeune homme sur lequel je capotais tant. C'est fou à avouer, mais j'en ai assez de lui. Moi qui angoissais comme une malade à l'idée qu'il me plaque un jour pour une plus jeune et plus jolie, et bien c'est moi qui m'apprête à lui donner son 4 %. Je le trouve trop collant. Je l'imaginais nettement plus autonome. Mais là, on croirait que toute sa *vie passe par moi; ses insécurités, sa peur de vivre, ses angoisses. Lui si beau, si musclé, si jeune, le voilà devenu jaloux, possessif.*

Sacre, s'il avait plus confiance en lui, il pourrait attraper des beautés. Des filles célibataires, il y en a plein les bars en ville. Puis pas des moches, non, des jolies, des tripeuses tripantes qui ne demanderaient pas mieux que de se farcir un beau mec comme lui. Des fois, je lui demande de me résister, de me rendre un peu jalouse. Il me dit qu'il ne veut rien savoir des autres filles, qu'il m'aime et que les autres ne l'intéressent pas du tout. Il ne veut jouer aucun jeu avec moi. C'est touchant quelque part. Il m'appartient, qu'il dit.

Mais moi, finalement je dois avoir un problème parce que ce qui m'excite, c'est qu'on me résiste, justement. Je me rends compte que j'aime me battre. Célibattante jusqu'à l'os. Si je n'ai pas choisi la facilité de la petite vie rangée, c'est pas pour rien. C'est nono à dire mais pour une fois, je vais être obligée d'admettre, au risque de passer pour une vraie maso, que je suis inévitablement attirée comme le beurre par la rôtie, par les salauds. Les bons gars ne m'intéressent que passagèrement. Comprends-tu ça, toi?

Rien de pire qu'un amant qu'on aimait beaucoup et qui, du coup, se transforme en un ben bon gars, genre qui comprend tout, disponible en tout temps.

Si je pique une colère, il reste là, stoïque, triste, en attendant patiemment que l'orage ait dégorgé son dû. S'il savait, il ne supporterait pas mes boniments. À la limite, je préférerais qu'il prenne ses pattes à son cou, qu'il déguerpisse en choisissant de ne réapparaître que lorsque je me serai excusée, quand je serai repentante et inondée de larmes chaudes.

Mais non, il ne me résiste pas une miette, il dit même que je suis irrésistible. Moi qui rêve de languir, fais-moi languir, bébé! Laisse-toi désirer, arrête de toujours me courir après, d'être disponible au moindre de mes caprices, arrête de me téléphoner quatre fois par jour pour savoir comment je vais. Résiste-moi.

T'es pas d'accord avec moi, Lili, que l'homme doit se faire désirer? Je crois qu'avec le genre de filles fortes, indépendantes mais trop compliquées que nous sommes devenues, si les hommes se montrent trop tendres, trop mous de caractère et de bite, s'ils ne nous montrent pas leur pouvoir, ils nous perdront. Mais explique donc ça à un chum amoureux qui te regarde avec de beaux grands yeux de veau admirant son premier train. Résiste-moi, chéri!

C'est trop tout cuit comme relation. Y a plus de surprise. Ça baigne dans la facilité. Je commande, il obéit. J'ai sûrement ma part de responsabilités là-dedans, j'ai dû le casser quelque part. Je siffle, il accourt; je le répudie, il repart la queue pendouillarde; je re-siffle, il re-accourt aussi inconscient qu'un gentil petit chiot.

Il suffirait qu'il me tienne tête un brin, qu'il me montre que je ne suis pas la seule au monde. Il suffirait finalement qu'il ait davantage confiance en lui, qu'il tienne bien son os et c'est en rampant que j'irais le lui arracher. Mais il ne voit pas l'intérêt de jouer à des jeux de pouvoir. Il trouve mes revendications immatures. Le pire c'est qu'il a sans doute raison.

Je lance deux messages. D'un côté, je veux qu'on m'aime à tout prix, surtout au début. De l'autre, je souhaite après un certain temps qu'on me résiste. C'est incohérent, je trouve ça ridicule. Moi qui rêvais de me stabiliser, je me dégotte le plus beau jeune homme gentil, honnête et voilà que je m'apprête à l'envoyer paître. J'ai un peu honte. J'ai trente-trois ans, j'en suis à ma ième remise en question, ma ième séparation et je suis «fuckée».

La vie est complexe, non? Je ne sais plus que penser. Je t'écrivais pour faire ma propre mise à jour sur mes sentiments. Je ne te demanderai pas conseil non plus, parce que je te connais en matière d'hommes. On dirait qu'avec toi la quantité l'emporte sur la qualité, ces derniers temps. C'est peut-être mieux que de s'asseoir chaque soir devant la télé avec le même homme, en pensant qu'ailleurs c'est bien meilleur. Bref, je suis toute mélangée.

Enfin! Continue ton beau voyage en Grèce, y paraît que Mariloup va aller te rejoindre. Chanceuses! Je te ferai part de l'évolution de la situation.

Cette lettre a été écrite dans ma semaine pré-menstruelle. À chaque mois, pendant cette courte période, je remets normalement tout en question. Je me rends bien compte que dans la vie à deux, tout est une question de regard. Selon l'humeur du jour, on peut s'énerver ou s'émerveiller, s'irriter ou s'attendrir devant la même situation. Cela dépend si l'on veut quitter le gars ou vivre avec lui. Dans un couple, paraît-il, c'est rare que l'on marche simultanément au même pas. Ça brette souvent dans le manche. Là je brette. J'ai pas encore les idées claires. Alors, qui sait? je ne le quitterai peut-être même pas. Tu dois rire de moi, connaissant tout le cirque que j'ai fait pour sortir avec mon jeune. Je m'étonne moi-même.

   Enfin, à bientôt.

                                        Miss Miou

En voilier

C'est tout un *thrill* pour moi que de partir en pleine mer sur un voilier dont j'ignore tout. Pour une semaine, avec en plus un homme que je ne connais pas. Quelle belle inconscience! Je me sens cependant à la fois euphorique et craintive, partagée entre l'irrésistible envie d'aller au bout de ce nouveau périple et la peur d'affronter des éléments inconnus. Le vrai inconnu.

Le premier jour, tout va très bien. Bon vent, bonne voile. J'en profite pour apprendre à faire les nœuds d'usage. J'apprends aussi quelques termes de navigation: bâbord, tribord, un homme à la mer et à l'abordage. On m'enseigne la manœuvre de la barre. Barre à droite, le bateau va à bâbord, barre à gauche, le bateau va à tribord. Ce premier phénomène de base déroute mes réflexes de conductrice; il y en aura d'autres. Mais je suis pleine de bonne volonté... Je profite aussi beaucoup du soleil ou c'est lui qui profite de moi. Je me retrouve avec de belles cuisses rouges comme de la viande. Un vrai cas de vaseline soins intensifs.

Jack est très organisé comme capitaine. Il voit à son affaire et je me sens en sécurité. Ce qui me plaît chez ce type, c'est son assurance, sa force tranquille. Un modèle de plus en plus rare. Robuste, torsé, il a un cou à prendre entre ses jambes.

Il est intéressant, même s'il n'est pas très bavard. Il a vu des pays que je n'ai jamais vus! Il connaît les vents et les marées; il m'explique que pour faire de la voile, un seul sens compte vraiment, c'est celui qui nous permet de juger du vent, de sa force, de sa direction et de son action sur l'ensemble des voiles, coques et mâts. Y a qu'à apprendre à bien contrôler le sens de la barre et tout va. Je barre une bonne partie de l'après-midi, jusqu'à notre première escale, Spetsai, vers les dix-neuf heures. Nous accostons, j'attache les défenses et nous allons bouffer une pizza grecque aussi bonne qu'à Montréal. Nous jasons de tout et de rien. Jack, qui connaît bien l'histoire des îles, m'apprend que Spetsai est l'île où repose en paix la fameuse Bouboulina. On raconte que Bouboulina se livrait à la piraterie, en marge de son action politique, et elle enlevait même ses maris de la même façon que la Grande Catherine. Toute une amazone, la Bouboulina! Puis, on enchaîne sur le plaisir de faire de la voile et les aventures du Capitaine Bonhomme. On fait très réservés. Cependant après cette journée épuisante, vers les vingt-deux heures, je m'écroule sur la couchette et m'endors spontanément comme un bébé, bercée par le roulis des vagues.

Le lendemain, Jack se lève à la barre du jour, pratiquement avec Phoebus (la déesse du jour), prépare le café dont l'odeur me réveille. Nous quittons Spetsai par une journée qui s'annonce très chaude, et sans vent. Ça va être long et chaud. Comme il n'y a pas grand-chose à faire à bord puisque nous avançons à moteur, je passe cette journée à bronzer, à écrire des cartes postales et à bouquiner. Je tombe sur *Un pont sur l'infini* de Richard Bach. Je lis suivant la recommandation de Capitaine Jack qui me dit avoir bien aimé ce livre.

Bach écrit des choses merveilleuses comme:

«Le contraire d'être seul, ce n'est pas d'être deux, c'est d'être intime.»
«Nous étions deux bateaux qui s'étaient rencontrés en plein océan, chacun changeant de cap pour naviguer un peu plus dans la même direction, sur une mer vide. Des bateaux différents qui se rendaient dans des ports différents et nous le savions. Mais pendant un temps nous avons choisi de naviguer ensemble.»

Ça correspond tout à fait à mon expérience, nous étions deux bateaux différents...

N'empêche que Richard Bach et son sens de l'intimité, m'a fait gamberger. Moi qui sais si bien pratiquer le sexe sans amour, la camaraderie sans engagement, l'amour bagatelle, l'amitié érotique et toutes ces belles choses libertines, voilà que je m'interroge sur le sens de l'intimité profonde, de la rencontre de l'autre et, disons-le, de l'Amour avec un grand A. Suis-je capable d'intimité profonde, moi, Lili G.? Le hic, c'est que j'ai peur en tabarouette. Puis là, on tombe dans le jamais dit, l'inavouable. J'ai carrément peur d'être abandonnée. C'est souvent pour ça que je quitte mes hommes.

Partir en beauté. J'ai le don de tirer ma révérence au bon moment. Juste avant que le rideau ne s'écroule sur ma peine. Mais le pire, la honte, c'est que j'y crois aux histoires d'amour, j'y crois à chaque fois.

Comme Édith Piaf, j'ai aussi perdu quelques plumes à mon beau ramage dans quelques histoires passion, mais passons. L'amour, l'amour... vive plutôt les vacances et la liberté! L'amour, c'est l'infini à la portée des caniches, qu'il écrivait Louis-Ferdinand Céline. L'amour, c'est choisir et en même temps c'est renoncer. Renoncer à tous les autres beaux gars, innombrables, qui se trouvent sur ma route et il y en a des quantités!

Ciel que je suis influençable! Il faut que je me parle. C'est le soleil qui me fait délirer ou c'est cette lecture romanesque. Mes lectures m'influencent tellement que j'ai intérêt à surveiller de près ce que je lis. Il suffit que je tombe sur un roman d'amour pour que je devienne tout amoureuse à la gomme. Je lis un roman de peur et je deviens parano, un roman de philosophie que me voilà philosophante, un roman de psy et je tape sur les nerfs de tout le monde. Quant au roman de sexe, mes poils de chatte s'en hérissent presque. Il n'y a que les lettres des copines qui ne m'influencent pas beaucoup.

Cela dit, Zeus! que tout est calme. Jupiter sait combien c'est triste un voilier sans vent. Après avoir préparé un poulet frit à la Lili (légèrement calciné) et l'avoir partagé avec Jack, on s'affronte aux échecs pour passer le temps. Je gagne la première, il gagne les deux autres. Au coucher du soleil, assis à boire du Metaxa, on se raconte nos vies.

Jack est un Américain qui a connu la guerre du Vietnam. De cette époque de sa vie, il préfère ne pas trop parler. J'apprendrai seulement qu'il était pilote d'avion. Maintenant, il vit de ses rentes et, depuis trois ans, il s'est acheté trois voiliers dont celui-ci, et il s'occupe de les louer aux touristes pendant la saison estivale. Ses affaires marchent bien. Il me parle aussi de sa fiancée, une jeune femme grecque à laquelle il a dû promettre fidélité avant de partir en mer avec moi. À ce qu'il paraît, *«she is very jealous and possessive»,* la beauté grecque. Et ils ont une trouille terrible du Sida.

«Ah ça! qui ne l'a pas, mon vieux.»

Puis, il me demande si j'utilise des «capotes».

— Bien sûr que oui!

Je lui explique que ça fait partie de ma panoplie de séductrice. Je n'aime pas toujours les utiliser mais je prends pas de chance. Enfin... pas trop...

— Moi, dit-il, j'ai horreur de ce truc. Ça me coupe les moyens. Je trouve ça triste et ridicule. C'est anti-érotique. C'est un tue-l'amour d'un usage compliqué. Pas question pour moi d'utiliser ça. Je préfère la fidélité. *Just looking at you, I feel sorry already, this trip will be hard on my little nerves.*

— Tu m'étonnes!

La ballade du Capitaine Fidèle et de Miss Lili va être dure sur le petit nerf de mon capitaine.

— C'est kioute, dis-je, pour l'encourager dans son roman d'amour et sa névrose du condom. Mais je lui dis qu'il faut cependant être motivé sérieusement pour prendre ce genre de décision.

Je respecte sa décision, mais moi je ne serais pas capable d'un aussi grand *self control*. Je suis avec qui je suis et où je suis par choix, et je fais ce qui me plaît avec protection! Cela dit, que sa fiancée veuille le garder à tout prix, *no problem*. Je comprends, mais moi il me semble que je le piraterais bien un moment. L'ambiance s'y prête tellement, bateau, mer, proximité, intimité, mâle, femelle, pas de voisins, clapotis, etc. Jack, même s'il n'a plus vraiment l'âge pour les équipées intrépides, doit posséder une expérience sûrement très intéressante des femmes. Il ressemble beaucoup à Kirk Douglas dans *Vingt Mille Lieues sous les mers*. Costaud, yeux turquoise à se noyer dedans... Je ne désire pas le débaucher à tout prix, je ne suis pas d'un naturel garce, enfin si peu... mais mission oblige. J'ai un guide à écrire, j'ai une semaine pour manœuvrer. Jack restera-t-il fidèle? À la façon dont ses yeux croisent les rondeurs graciles de mes fesses, j'en mettrais pas mon slip au feu. Je décide cependant de lui rendre la tâche facile. En romantique, j'essaie momentanément de maintenir Jack dans un roman d'amour monogamique. Je n'ai rien contre la monogamie. En fait je suis plutôt pour, au moins pour une nuit ou deux. Alors en cette deuxième nuit, je m'éclipse discrètement pour laisser place à la lune et à un Jack solitaire qui fait le guet. Bonne nuit!

En bas, dans le cockpit, il fait une chaleur intenable, je me couche sur les draps et m'écroule dans les bras de Morphée qui récupère à peu près tout ce qui dort, si j'ai bien compris. Et là, je me laisse aller à de charmants rêves érotiques.

Le lendemain, réveil comique. Jack, déjà debout, me regardait dormir. Je m'éveille et je lui trouve un drôle d'air. Il me dit que je souriais pendant mon sommeil. C'est parce que j'ai fait un rêve érotique, lui avoué-je.

— *Ah! Yes? Me too!*

En le regardant, ça se voit presque! J'imagine qu'il a joui en rêve toute la nuit tant il a la mine réjouie. Pour peu il giclerait encore si je juge la protubérance dans son short. Je fais mine d'ignorer ce gentil détail, m'étire, lui souris de mon matinal «bioutifoul smaïl» et lui demande un «coffi please» qu'il s'empresse de me servir.

— *By the way, honey, where did you get your T-shirt?*

Je porte mon large T-shirt des États: *Men come in three sizes, small, medium and Oh my God!*

He likes that. Moi aussi.

Cependant, le troisième jour, après une agréable matinée passée à naviguer, nous devons arrêter. «La croisière s'amuse», s'amuse un peu moins. Le vent vient de la mauvaise direction. Nous devons rester sur place à notre grand désappointement. Le bateau est tourmenté par les vagues et je me sens la fragilité d'un œuf mollet. Pour me distraire et pour tenir compagnie à Jack, je lui parle de mon projet de guide. Il n'en revient pas! Pour lui c'est du délire.

— *You are crazy, Lili, you are dangerously crazy!*

Il dit qu'il ne supporterait pas l'idée\d'être classé dans un guide. Ni même de se retrouver un jour dans un livre.

— *Is this what you write about?*

Mais non! *I'm just joking! Joking! Kidding! Kidding!*

Je dois le rassurer, je le sens du coup très parano. Ne pas affoler le gibier, Lili. Pour lui changer les idées, je lui demande de m'enseigner de nouveaux nœuds, ce qu'il fait avec adresse. Pendant ce temps, j'observe ses grosses mains rudes comme des grattes à fromage. J'aime ces mains carrées de marin. On sent qu'il a de la poigne, du grappin. Ces mains ne doivent pas lâcher prise facilement. Rien à voir avec les menottes d'intellos, juste bonnes à pousser un stylo et à survoler nerveusement des espaces de peaux. Ouais, je ne détesterais pas tomber dans ses pattes.

Changements de plan et de vent, midi et quart, on part. Le soleil tape, le vent gonfle les voiles, la mer est verte comme une prairie onduleuse qui regorge de moutons blancs. On file. L'instabilité du temps oblige à modifier souvent la route. Sur la mer Égée, tout serait si facile sans cette incertitude! Le vent, tout à l'heure de force 5, dépasse maintenant force 7 et soulève derrière lui une mer déchirée par des moutons enragés. Ça commence à rocker rudement à bord. Jack manœuvre et court sans arrêt réajuster les voiles. Nous approchons du dangereux cap Malapa. Naviguant près de la côte, avec ce vent et un ciel maintenant chargé de cumulus, nous devons nous méfier de quelques risées violentes et désordonnées et des coups de vent. Jack sort les harnais de sécurité, ça va brasser, prévient-il.

Il a raison, le tango des flots se transforme en rock'n roll endiablé. Après une bonne giclée d'eau provoquée par une énorme vague, je me retrouve trempée, tremblotante et impressionnée. Les vagues frisent les vingt pieds de haut. Je me sens bien petite. Attachée avec le harnais de sécurité, je n'en mène pas large, de peur de prendre le large justement. Ça brasse camarade. Mon estomac vit des hauts et des bas. Jack se démène, affale les voiles, part le moteur. Je tiens la barre. Il semble excité par le défi. Le ciel est passé maintenant au gris acier, la mer noire et furieuse se déchaîne sur nous.

C'est le combat de l'homme face à la mer. L'heure de vérité est là. Courage, Lili! Je reprends des forces et d'un cri vigoureux encourage Jack.

— Courage, captain, on va les avoir, les Anglais.

Il est Anglais, il ne comprend rien, mais moi ça me dégourdit. Je suis prête à me battre. Que d'émotions, quelle grande perturbation! C'est dans l'action qu'on apprend à connaître l'autre. Pour passer à travers une tempête comme celle-là, de même que pour naviguer à deux, ça prend non seulement de la santé, mais une bonne dose de résistance à la frustration et un caractère assez solide pour affronter les épreuves. Je ne me connaissais pas tant de ressources. Je ne voudrais pas avoir l'air de me vanter, mais j'ai des réserves insoupçonnées. Après avoir finalement franchi le dangereux cap Malapa, nous retrouvons une mer calme. Le soleil revient, on se sèche et on repart à moteur. Plus de vent. Étrange.

Avec le calme revenu, moi, je dois relaxer. En longeant la côte, j'ai vécu des moments d'exaltation qui sont aussi d'une grande simplicité. Je capote littéralement sur les couleurs, les bruits légers, les odeurs rafraîchissantes, la nature. C'en est jouissif! Alors, je profite du fait que Jack soit descendu bricoler le moteur pour me faire une séance de «clitorisation» des plus amusantes. Le soleil, l'excitation, l'émoi, l'abstinence m'ont mise dans un de ces états... Mon esprit lubrique refait surface. Il faut que je me touche là où ça palpite, là où ça tressaille, là où ça mouille bien. Je glisse mon index dans mon maillot. Je ne peux résister davantage à mon index expérimenté. Je me palpe, atteint mon clito que je presse et frotte avec énergie. Il s'éveille à la moindre sollicitation, je me tords de joie, solitaire, en proie à une sorte d'hystérie. Pas si solitaire que ça. Alors que je me croyais seule à l'avant, Jack, remonté de sa cale, observait mon petit manège. Telle une gamine surprise en flagrant délit ou délire, je rougis. Alors, d'une voix très ferme, il me dit:

— *Please go on!*

Je suis restée un court moment perplexe, puis je me suis dit: *why not?* Alors, avec une petite lueur taquine au fond des yeux, j'enlève complètement la culotte de mon maillot et, *let's go,* je recommence à me branler doucement sous le regard scrutateur d'un Jack impassible. Il s'assied en face de moi et murmure:

— *Now, Lili, give me a show. Show me your sex completely. You are so beautiful.*

Moi, folle d'excitation, je m'offre à ses yeux curieux. Livrée à son regard, au soleil et à la brise, je me sens d'une indécence inouïe. Comme j'aimerais qu'il craque et qu'il s'enfonce dans mon gouffre! Mais non! L'animal, il halète mais reste là. Que j'aimerais le voir céder à mon impudence! Or, le voilà qui prend sa queue entre ses mains, m'ordonne de continuer à me caresser et entreprend lui-même de se caresser. Il se branle paisiblement, faisant aller et venir sa main sur un vit que je devine coriace. Ses cuisses tremblent presque imperceptiblement.

Ah ah! je peux sentir que son sexe commence à s'affoler. Le mien est dans un de ces états... La jouissance nous guette, nos rythmes s'accélèrent et nous jouissons silencieusement, solitairement.

Il était temps, parce qu'un gros cargo approchait. Orgasme achevé, consommé, on reprend, mine de rien, nos fonctions marines. N'empêche que c'est drôle de faire abstraction du sexe lorsqu'on est de sexe différent. En cette fin d'après-midi, nous approchons de Port Vathi où nous accosterons un peu plus tard. Port Vathi, c'est ici que les Phéaciens déposèrent Ulysse à son retour. On dit même qu'il y enterra des trésors dans la grotte des nymphes.

Une fois à terre, nous en profitons pour aller nous promener dans ce joli village qui s'étire à flanc de colline. Des pêcheurs, sur le bord du quai, jettent des filets de pêche qu'ils retireront aux aurores. De vieilles femmes entièrement habillées de noir nous regardent passer tout en continuant de filer leur laine, paisiblement. Nous trouvons une épicerie et faisons nos provisions de conserves, café, lait, glace, fromages, fruits et légumes. Les bras chargés, nous revenons au bateau.

Puis c'est l'opération nettoyage. Nous lavons le bateau à l'intérieur et à l'extérieur. Une fois le bateau propre, c'est à nous de nous récurer. Pour des raisons pratiques, Jack et moi nous nous lavons en même temps sous ce que nous appelons «douche» et qui est en fait un sac de plastique rempli d'eau et suspendu au mât. Quelques hommes, bêtement regroupés à une terrasse face au port, nous épient, le regard étonné. Comme de raison, nous gardons nos maillots. Je savonne le dos de Captain avec vigueur, il savonne le mien avec douceur. Il tient le robinet pendant que je me rince les cheveux, je fais de même pour lui. Le spectacle doit être attendrissant. Tout frais, tout nets, nous retournons au village boire une ou deux bières avant de dîner de moussaka. Sur mon bronzage couleur sirop d'érable, j'ai enfilé une robe bleue très légère. Mon loup de mer est particulièrement gentil et avenant. Lui qui n'est pas d'un naturel bavard me dit des choses qui font plaisir à entendre. Je sens que notre après-midi l'a tout de même secoué dans ses convictions de fidélité. Mais nous n'en parlons pas.

Soudain, arrive un couple d'amis de Jack qui viennent se joindre à nous pour terminer une bouteille de retsina et en commander une autre. Le couple nous a précédés lors du passage du cap Malapa; ils y ont déchiré une voile et plusieurs choses à bord ont été saccagées. Nous, nous n'avons perdu qu'une défense. Mais quel charivari! On se remémore cette tempête et je pense à l'orgasme qui a suivi. Enfin, nous regagnons le bateau en titubant légèrement et chacun rejoint bien sagement sa couchette.

En ce sixième jour, le vent nous est enfin favorable. Conditions de voile idylliques. Le vent gonfle bien les voiles et nous glissons sur l'eau à vive allure. Jack est heureux et vient s'asseoir près de moi. Il me regarde, amusé. Je me graisse au lait de coco. Il m'offre son aide et me suggère d'étendre les jambes en me les posant sur ses genoux.

Il trouve que j'ai de jolies jambes et commence son massage. J'avoue que je trouve ce contact très agréable. J'ai mis ma casquette de marin sur mon visage pour me protéger du soleil. Je ferme les yeux et laisse Jack à des caresses qui, aussi subtilement qu'un éléphant, gagnent de l'étendue sur la surface de mes jambes. Cette main marine se déplace comme un iule.

Ayant innocemment débuté en bas du genou, il gravite maintenant autour de ce dernier. Ses dix doigts fermes mais agiles remontent le long de ma cuisse, tout doucement. Comme le mouvement des vagues, il avance et revient au point de départ, allongeant progressivement le terrain parcouru. Ma peau anticipe ses caresses et se hérisse de frissons.

Sous ma casquette, je me souris, les yeux toujours clos, sachant très bien que ses caresses vont le guider vers le mont Plaisir. Surtout qu'il effleure maintenant la partie tendre de l'intérieur de mes cuisses. J'ai chaud! Je me sens toute moite et très humide. Ma petite culotte doit me trahir. Je tressaille cependant lorsqu'il écarte délicatement mon maillot et touche ma toison rousse. Flammes et frissons!

Ses doigts plongent, ressortent, plongent à nouveau, ressortent et replongent... Je me contracte, me décontracte, fermant et ouvrant les cuisses sur ses doigts savants qui me font vibrer.

Le voilà maintenant à genoux, entre mes cuisses ouvertes, et il se met à embrasser à pleines lèvres le soyeux passage de ma vallée d'extase. Sous ma casquette, j'entends le bourdonnement d'abeilles lorsqu'il atteint les terres du miel. Il lèche et lèche, enfouit sa langue pour exécuter multiples tourbillons en moi, ce qui provoque un véritable raz-de-marée intérieur. Hallucinant. Je jouis dans sa bouche. Combien de fois? J'ai eu là des délices orgasmiques d'une gratuité remarquable, puisque, ma jouissance accomplie, il se remet à manœuvrer le bateau qui s'éloignait subtilement de son cap. Pendant qu'il tient la barre, j'en profite pour plonger toute nue dans la mer.

C'est ainsi, nue dans la mer, que j'ai aperçu de loin cette grande île dont on parle tant. Corfou!

Corfou

Corfou! Quelle jolie île. Comme c'est émouvant de voir cette luminosité et cette végétation!

La vieille ville de Corfou est située sur une esplanade bordée d'arbres. Les insulaires y sont aimables et souriants, nettement plus détendus qu'à Athènes. Même les serveurs des cafés, sur leurs terrasses, sont de bonne humeur. Ils ont raison, tout est tellement beau! Quelle luminosité! Je parcours les rues de la petite ville avec curiosité et bonheur. On me regarde, on me sourit, mais pas de harcèlement comme à Athènes. C'est cool! Ils ont l'habitude des touristes. Corfou, c'est un mélange d'histoires et de styles.

Cette île a appartenu, entre autres, aux Turcs, aux Italiens, aux Français, aux Russes, aux Anglais et pour terminer, aux touristes du monde entier. Il eût fallu qu'à une autre époque, une aventurière s'installe ici, elle aurait pu y écrire un guide comme celui que j'écris actuellement, sans se déplacer.

Touche marrante, ici les ânes portent un grand chapeau de paille percé de deux trous pour les oreilles, ce qui leur donne un drôle d'air de matante des États.

Je n'ai rien de précis en tête, sauf flâner et prendre ça relax. Je me suis trouvé un petit hôtel en dehors de Courfouville, à deux pas de la place. La seule chose qui perturbe le calme insulaire, c'est le bourdonnement des motos qui sillonnent l'île.

En ce début de juin, il y a peu de touristes. C'est le meilleur moment pour visiter l'île. En moto ou en vélo, je compte voir Ypsos, village de pêcheurs et site du Club Méditerranée ou Glyfada, reconnu pour ses belles plages de sable. Pour l'instant, je m'empresse de passer à la poste pour faire parvenir ma nouvelle adresse à mes copines.

Le maître nageur

Voilà une semaine que j'ai quitté le voilier et que j'explore Corfou bien sagement. Trop sagement, je m'ennuie presque...

Cet après-midi, je pousse une petite pointe jusqu'à l'hôtel Kontiliki, un repère de riches comme on en trouve partout dans le monde. Pas très impressionnée, Lili!

La mer verte caresse un fond rocheux et quelques vieilles peaux exposent, dans des chaises longues, leur carcasse blanche et froissée. Sur la plage s'agitent de gros bedonneux huileux et des couples assortis, sans doute en voyage de noces.

Super tan style Coppertone, le maître nageur grand, musclé, bronzé mérite bien une mention au *Guide Gulliver*. Sans doute un adepte de la pompette «boudin-bulding». Ce n'est tout de même pas sans un petit effort physique qu'on développe cuisses et abdominaux aussi bien découpés. Cet Hercule gonflé fait travailler mes méninges. Il ressemble au beau plongeur grec dans *Le Grand bleu*. Il vaut mieux tomber sur lui que de tomber sur un trottoir, que je me dis. Sa forme physique athlétique pourrait fort bien se marier avec ma belle forme aérodynamique.

Son petit maillot marine laisse deviner que cet Hercule n'est pas seulement équipé pour le sport nautique!

Je me demande bien pourquoi le sport en chambre, bien que pratiqué assidûment par les Grecs, n'a jamais été admis au Pinacle des Olympiques. Pour une bonne partie de jambes en l'air, il importe après tout, de bien démontrer son esprit sportif.

Je vais nager et j'en profite pour passer devant le gardien. Dois-je me noyer et crier: «Au secours»? Lorsque je le frôle, dans mon petit bikini noir, je le sens qui me baise du regard. Je tourne lentement la tête et le fixe un instant. Voilà son maillot qui s'agrandit. Belle réaction! J'en ris. Lorsque je sors de l'eau, il se dirige vers moi d'une démarche tarzanesque. Plus il se rapproche et plus je suis en mesure de juger de l'intérêt grandissant qu'il me porte. Le nageur érectile se tient devant moi. On devine clairement la naissance d'un désir.

Rien n'est plus excitant que l'anticipation d'un plaisir si l'on s'attend à en avoir. Je me déniaise et lui décoche mon sourire d'invite, «le Gulliver G 66» qui a fait bien des ravages sous d'autres cieux.

Dans un anglais assez limité, pour sa part, et au terme d'une conversation des plus simplistes, nous parvenons tout de même à nous fixer un rendez-vous à son hôtel, vers six heures. Quelques heures plus tard, je me trouve (volontairement) soumise entre ses pattes d'animal, sous sa poitrine d'orang-outang. Je perçois son souffle rapide et chaud. Côté bestialité, il dégage, le monstre!

Il m'enlace d'abord comme une pieuvre avec des mains partout. Poséidon, Zeus et Hercule un peu, j'ai chaud! Il me prend comme un lion rugissant, se glisse en moi comme un lézard coiffé d'un Sheik lubrifié, et, à coups rapides, me transperce de sa trompe éléphantesque. Tout le zoo passe sur ma croupe. Sur le lit, sur le tapis... Tout dans les reins! Et un peu dans les coudes et les genoux. Le cerveau un peu vide, mais quelle bête en rut! On sillonne la pièce à quatre pattes, on se perche comme des singes sur les fauteuils, on rampe comme des boas sur le tapis et enfin, il libère son tigre intérieur et pousse son jet de plaisir. Dans son orgasme, il rugit comme un grizzly des Rocheuses en mal d'amour! Ça me fout le mal du pays!

Je ressors de ses griffes presque déchiquetée. J'oserais utiliser ici l'expression consacrée: on a fait l'amour comme des bêtes.

Le temps de reprendre mon souffle et mes vêtements, je l'abandonne à sa béatitude. Une petite chanson me trotte en tête: «Adonis de service, pour combler tous mes vices...»

Techniquement parlant, en tant qu'auteure du *Guide Gulliver,* je dirais que ce pure autochtone insulaire, ce casse-sommier que l'on pourrait appeler Bimbo ou Jumbo dans l'intimité, était très performant. Ce zoo ambulant pourrait animer à lui seul un cirque. Me basant ici sur sa forme physique, sa dimension pénienne et sa puissance, je lui accorderai ici, impartialement, la cote tant convoitée de quatre bites. «Au secours, chaud devant!»

Cependant, en toute honnêteté, j'avoue que cet exploit me laisse perplexe. Pendant ce coït, je me suis astreinte à plier sous ses variations farfelues pour lui prouver ma collaboration et pour soutenir le choc de son impétuosité. J'étais cependant plus spectatrice qu'actrice.

Je m'excitais en essayant de jouer la véritable salope. Mais au fond, ça ne décollait pas vraiment. Trop technicien, trop chorégraphe, trop préoccupé par lui, pas assez sensuel, le mec. Il a beau limer pendant des heures avec ses acrobaties véritables, il ne m'a pas eue. Ce qui veut dire que je ne mouille pas juste à la vue d'un sexe mâle, aussi érectile soit-il. Je ne suis pas banale ou perverse à ce point, même si j'y travaille. Mais ce qu'il me faut quand je parle de bon amant, c'est ressentir davantage de sensations, d'excitation physique et, avouons-le, de sentiments charnels. Finalement, j'aime les hommes dans leur humour (faites-la rire et elle tombe dans votre lit, quoiqu'il y en a que le rire dégonfle), dans leurs épaules à renifler leurs odeurs, dans leur voix, leurs paroles et leurs gestes, dans leur cœur et dans leurs émotions.

Cela dit, du point de vue de l'acte sexuel, Bimbo se décroche une panoplie de bites, mais quant à la personnalité, rien de terrible. C'est pourquoi je devrais peut-être réviser mon système de cotation et repenser à la manière de jumeler la dimension humaine au «bon coup de service». On y reviendra. C'est fou ce que j'ai de la difficulté à maintenir les choses à leur niveau: le cul pour le cul, les émotions et les sentiments à part. Le

Guide Gulliver n'est pas un guide fleur bleue, mais un répertoire de la baise pour la baise et des lieux où se cache le meilleur amant au monde. Et amant ne veut pas dire beau prince charmant...

Mais ma chair est faible et je saisis toute occasion, question d'avoir du matériel sérieux pour mon guide. «Écoute ton corps», qu'ils disent les granolas. Mission accomplie. Il ne faut pas non plus perdre l'habitude des bonnes choses, et baiser c'est bon pour le moral. En voyage, je dois l'avouer, il arrive qu'on se sente un peu seule et qu'on ait envie de caresses, de baisers, de mots doux (même en langue étrangère), ce qui, momentanément, procure une chaleur réconfortante.

Bref, ce coït animalesque et burlesque n'a pas assouvi mon besoin de tendresse. En revanche, mon sexe, lui, a été assouvi! Je vais sans doute me tenir plus tranquille à l'avenir avant de repartir chasser la bête.

Certains pourraient me taxer d'insensible quand je joue à la perfection mon rôle de grande chasseresse, mais que ceux-là ne perdent pas de vue mon côté «amie des bêtes». Je préserve les hommes, une espèce en voie de disparition.

À la plage

Après ce grand coït olympique, animalesque mais sans émois, je passe quelques jours à jouir simplement de la vie, en me la coulant douce. Mais voilà déjà la fin de semaine, et à nouveau l'envie du mâle me chatouille.

Vendredi soir. Mon côté chasseresse refait surface. Chassez le naturel et il revient au galop. Chassez le naturiste, il revient au bungalow *(sic)*. Chassez la bagatelle, elle revient en talons hauts. Toujours est-il que je me fais une toilette pour la chasse au discobole. Endroit de prédilection: la discothèque locale.

Tous les jeunes touristes de l'île semblent s'y être donné rendez-vous. Vers onze heures, l'endroit est déjà rempli. Ce soir, c'est soir de pleine lune, les loups sont sortis. Le chaperon roux aussi.

J'arrive à la disco toute seule, mais je repère rapidement capitaine Jack, sa fiancée, son fils (portrait rajeuni du géniteur) et sa copine (une jeune Américaine) qui sont appuyés au bar. Je me joins à eux; on sympathise brièvement. Jack trouve que je suis en beauté ce soir.

Dressed to kill, comme il dit. Inutile de spécifier que la fiancée n'éprouve pas à mon égard toute la sympathie du monde. Elle me regarde avec des yeux en lance-flammes. Pourtant, entre Jack et moi, il ne s'est rien passé, enfin rien de sérieux. Je ne laisserai pas les vilaines vibrations de la fiancée atténuer mon plaisir d'être venue ici ce soir. Parce que, croyez-moi, il y a de beaux grands mâles dans cette boîte et je suis d'humeur à «bitiner».

C'est pourquoi j'accepte sans hésitation quand un beau grand jeune homme à la coupe hérisson m'invite à danser. *I know. It's only Rock'n roll, but I like it, like it, yes I do.* Les Stones secouent l'atmosphère. Mon grand jeune se déhanche bien, nous dansons le rock, comme si nous avions fait ça toute notre vie.

Essoufflés, nous regagnons le bar et nous commandons deux Metaxas. Nous buvons nos verres près de la piste, toujours prêts à bondir si la musique nous branche. Entre deux danses, deux drinks et deux sourires, nous faisons connaissance. Erik est d'origine norvégienne. Il galope autour du monde, sur le pouce, et travaille un peu partout, à gauche et à droite, pour gagner sa croûte. Un *hitch-hiker* de calibre international. Super kioute, vingt-deux ans, une carrure de sportif bien nourri, sourire irrésistible et accent nordique garanti.

J'avoue que sa blondeur scandinave et cette fraîcheur de jeune homme me font l'effet d'un gla-çon que j'aimerais bien faire fondre dans mon lit. Il est mignon dans son jean délavé, son T-shirt noir et ses baskets. Normalement je préfère les hommes plus âgés, mais quelquefois il arrive qu'un jeunot tout nouveau tout tendre m'étourdit. Ils sont tellement faciles à séduire. Ils aiment, pour leur part, qu'une femme soit expérimentée et audacieuse. Puis, faites-les rire et ils tombent dans votre lit. C'est vrai pour les gars, ça vaut également pour les filles.

Il est vrai que la drague n'a jamais été un problème pour moi. Il suffit que je désire quelqu'un, que je le fixe intensément pour que ça marche. Le temps d'un verre, pour voir ce qu'il a à raconter, ce qu'il a dans le ventre. Pour attirer quelqu'un, il faut tout simplement manifester un brin d'intérêt. Inutile de s'inscrire au cours de Marie Papillon pour apprendre cette règle de l'art. «Intéresse-toi à quelqu'un, il y a des chances qu'on s'intéresse à toi. Puis, si tu veux qu'on t'aime, sois aimable. Et si tu veux prendre ton pied, t'as qu'à faire jouir l'autre.» L'égoïsme appauvrit. L'initiative, la mobilité et une gentille conversation sont les avenues qui mènent au sexe. Bref, moi je danse, déconne, fais ma coquette et, tout à l'heure, ma conquête sera dans mes draps. Mes intentions sont claires, exemptes d'ambiguïtés. Il m'invite à danser un slow, un *You are so beautiful to me* dont il va sûrement se souvenir toute sa vie. Je me suis plaquée tout contre lui et délicatement, je glisse ma cuisse entre ses jambes. Je sens monter le grand vertige à travers son jean. Il tressaille. Je serre de très près son corps de jeune homme et, façon Vampirella, je lui mordille le cou tout en appuyant ma cuisse contre ses petits réservoirs. Il a chaud, il est si jeune! Et il en tremble.

Comme c'est émouvant! J'ondule des reins, épousant à merveille la forme de son bassin. Comment peut-il me résister? Le pauvre, il a de la difficulté à marcher tant il est empêtré dans son jean. Il bouge avec son désir coincé dans le bas du ventre. «Allons prendre un peu d'air», suggère-t-il! Bonne idée!

Dehors, la pleine lune brille. Je le sens si excité et ce qu'il souhaite, je le sais, c'est trouver un petit coin tranquille. Nous nous dirigeons intuitivement près d'un talus. L'excitation me gagne. C'est toujours un plaisir que de faire bander un gars. Plaquée contre lui, je descends alors la fermeture Éclair de son jean et libère sa belle queue scandinave.

Une première mondiale, en ce qui me concerne, ma première queue norvégienne, et j'avoue qu'elle n'est pas vilaine. Je m'en doutais bien, le propriétaire est tellement mignon qu'il ne pouvait qu'être doté d'un engin agréable. Rose, encadrée de poils blonds, circoncise, ni trop grosse, ni trop longue, fraîche, agréablement malléable, impétueuse, heureuse, elle bande sensationnellement. D'une main experte et douce, je la saisis et la branle gentiment. Elle a du répondant et se hérisse, s'érige, se démène. Mon jeune Norvégien insinue alors avec beaucoup de précaution une main sous ma jupe et, surpris de constater que je n'ai pas de culotte, il enfouit ses doigts dans mon entrecuisse fondant.

Près de nous, nous entendons les rires de quelques couples en fête sur la plage. L'endroit n'est pas idéal pour les longs épanchements. Légè-

rement distraite par les bruits avoisinants, je continue la branlette au clair de lune et, pour l'achever,
j'enfouis mon index entre ses deux belles pommes.
C'est comme si j'avais appuyé sur un déclencheur
orgasmique. En épanchement hâtif, voilà surgir
une vague spermatique déferlante. Le blanc liquide
échoue sur son jean, un peu sur ma jupe et beaucoup dans mes mains. On prend des feuilles, on
s'essuie. Puis, beaucoup plus calmes, nous retournons boire un verre et danser à nouveau.

Nous avons dansé, bavardé et bu jusqu'à trois
heures du matin. Au retour, titubant de fatigue et
d'ivresse sous la pleine lune, nous nous dirigeons
vers mon hôtel. Erik habite plus loin, sur un bateau
qu'il rénove. Serviable comme je suis, je lui offre le
gîte pour la nuit, malgré ma fatigue.

Je saute dans la douche alors qu'il s'étend.
Viens, minette, je vais te laver. J'écarte bien les
lèvres pour que ma petite chatte soit bien propre
tout à l'heure quand je vais l'aimer. Tout en mas-
sant, je réalise que j'ai un peu trop bu, trop parlé
et trop dansé pour mettre mes projets à exécution.
Il va falloir expliquer à ce jeune homme que, finalement, je n'ai plus très envie. Faudra lui faire comprendre qu'au réveil ce sera bien mieux. Lui dire
qu'il peut rester mais qu'il serait adorable s'il se
transformait en nounours tranquille que l'on serre
un peu avant de s'endormir.

Après la douche, je reviens vers lui: il dort
déjà comme un bébé. Le mufle! Je m'allonge près
de son grand corps inanimé et en moins de deux
je le rejoins dans le monde des rêves.

Le lendemain, au réveil, son sexe est debout avant lui. La tête de son vit est franchement sympathique et comestible. Comme j'ai un petit creux, je prends cette belle bite et l'enfouis dans ma bouche. Je la suce, l'aspire, la lèche et la pourlèche. Il aime ça. Je le sens au bord de la jouissance. Je le pompe et suis prête à déguster sa semence. Son sperme a un goût de fraîcheur vivifiante. Je n'avais jamais encore goûté de Norvégien, c'est exquis comme un bon fromage de chèvre.

Heureux, repus, nous décidons de partir explorer l'île, en moto. L'île de Corfou regorge de beautés naturelles. La moto est un excellent moyen de locomotion pour atteindre des endroits encore sauvages. Erik en possède une belle grosse toute vrombissante. J'adore ça. Le bruit du moteur, les vibrations sur mes cuisses, le cuir sur ma culotte, ma jupe au vent, nous roulons... nous vibrons à l'unisson. Pendant ce temps, je le tiens entre les deux jambes, les mains bien posées sur ses beaux petits réservoirs d'énergie.

Excités comme deux enfants, nous trouvons finalement un joli bout de plage où nous pouvons jouer tranquillement avec nos corps électriques. À l'abri d'un rocher où se perchent des oiseaux blancs et où courent des petits crabes, nous nous déshabillons et nous nous baignons dans l'eau cristalline. Nous nageons quelque peu, puis nous regagnons la plage. Il sort de sa poche une petite boîte multicolore. On croirait une boîte de *buble gum*. Il en sort un condom à l'arôme tutti frutti. Il sourit puis, tout naturellement, sa main ferme déroule l'anneau de latex sur sa belle verge dressée. Il a l'air parfaitement à l'aise. On sent qu'il n'éprouve pas la répugnance des plus machos ou des plus âgés, face aux préservatifs.

Sous capsule de latex, son sexe ressemble à un sous-marin. Il s'approche de moi, me prend. Erik devient alors poulpe amoureux et veut me faire l'amour-succion dans l'eau. C'est ainsi qu'en ce bel après-midi, les fesses baignant dans l'eau salée de la Méditerranée, bercés par un début de vague parmi les bébés-poissons, nous faisons l'amour.

Je suis la plage, il est la vague et il déferle en moi. Je suis la mer, il est sous-marin. Il plonge et replonge dans mes profondeurs sous-marines. C'est magnifique. Nos voix, dans leurs petits gémissements, traduisent l'extase. Je savoure «au max» la magnificence de l'univers aquatique. J'ouvre les bras et les jambes au bonheur. Son beau membre me remplit de joie et me procure entière satisfaction. Quels plaisirs! Splish splash, tout en prenant mon bain. J'exulte. L'acte terminé, nous enterrons le condom bourré de gamètes mâles et nous replongeons dans la mer accueillante et phosphorescente. Nous nous asséchons et bavardons en admirant le paysage environnant. Un couple de papillons copule sur un rocher, tout près de nous.

— Savais-tu, dit-il, qu'il y a des papillons qui ne s'accouplent qu'une seule fois dans leur existence?

— Non! Quelle tristesse! répliqué-je.

— Puis savais-tu que pour plusieurs espèces d'insectes où la femelle est beaucoup plus grosse que le mâle, celle-ci poursuit ses activités pendant l'acte tout en promenant son partenaire. C'est fréquent chez les fourmis et aussi chez les mantes religieuses, qui continuent volontiers leur repas pendant l'accouplement. Certaines vont même jusqu'à bouffer le mâle si elles sont en manque de provisions. Il paraît qu'en les décapitant, elle redouble l'ardeur amoureuse des restes du malheureux.

— Fascinant! Dis donc, tu en sais des mystères de la vie, toi, pour un jeune...

— J'ai étudié l'entomologie en Norvège, m'explique-t-il.

— Intéressant. Tu connais tout sur les insectes, les poissons, les mammifères. Et les femmes?

— Pour moi, les femmes sont encore une énigme. Je suis bien prêt à étudier ton cas plus à fond, me lance-t-il à la blague.

— Tu as faim? L'amour l'après-midi, ça creuse l'appétit.

— Oui.

Nous enfourchons la moto et descendons dans une taverne grecque. À Corfouville, en fin d'après-midi, l'animation règne. Ce que j'aime beaucoup, à l'heure de l'apéro, ce sont les hors-d'œuvre nommés pikilia. Des pikilia, des olives et un verre d'ouzo. Après le goûter, Erik retourne travailler sur son bateau, j'en profite pour aller me reposer à l'hôtel, lire et écrire.

Plus tard dans la nuit, Erik est venu me rejoindre. Le lendemain après-midi, nous repartons pour une nouvelle expédition, pour d'autres découvertes. Cette fois-ci, nous optons pour un espace vert. Il fait très chaud. Nous repérons une magnifique plantation d'oliviers. À l'ombre d'un soleil perçant, sous un olivier, sur le sol frais, nous nous étendons. Ce jeune a la capacité de «performer» plusieurs fois par jour et il me le prouve. Comme un jeune étalon, le voilà qui trotte et galope sur mon territoire. Tigalop, tigalop, au trot!

Je me sens un brin jument. Je bouge et me démène comme une pouliche nerveuse, jamais montée. Je traite peut-être l'amour cavalièrement, mais j'aime bien la «galopade légère». En amazone, je le chevauche. J'aime bondir sur son membre, tout en me délectant à loisir de sa peau en lui mordillant le cou, les oreilles. Erik hennit de joie. Mon étalon me retourne et me monte par derrière tandis que je lui offre généreusement et sans retenue ma croupe.

C'est dans cette position que j'aperçois, non loin de nous, un fermier grec qui nous épie, le membre à l'air. Sur le coup j'ai eu envie de fuir mais n'ai pas voulu interrompre notre plaisir. Lorsqu'Erik l'aperçoit qui se dirige vers nous, il prend le mors aux dents et nous dégringolons rien que sur une «peanut». Enfin, sur une olive, pour être plus précise.

Très bien classé au *Guide Gulliver,* section sport, mon Norvégien.

Après avoir couru et ri à perdre haleine, nous enjambons la moto et redescendons à Corfouville. Un arrêt à la poste m'apprend que ma copine Mariloup arrivera à Hydra dans trois jours.

Je dois donc quitter l'île de mon grand corps fou de Norvégien. Notre dernière nuit, après un dîner trop largement arrosé, nous la passons dans le voilier, en cale sèche, là où vit Erik. Il me prépare un beau souper d'adieux. Et comme dessert, il me prodigue un cunnilingue royal. De quoi faire fondre une banquise! Ensuite, il me prend (me reprend) passionnément. Condom banane, condom kiwi. Bien que le bateau soit en cale sèche, on aurait juré que la mer était démontée.

L'avion part à six heures du matin. À la barre du jour, avec la barre dans le front (description imagée du mal de cheveux), je dois m'esquiver afin d'être bien sûre d'arriver à l'heure à l'aéroport.

Les yeux brillants, le teint rosé, nous échangeons adresses et baisers d'adieu. Cette rencontre aura été brève mais agréable. Ainsi en va-t-il de la vie d'aventurière. J'ai cependant bien aimé ces quelques jours en compagnie d'Erik. Mon séjour dans l'île de Corfou, avec ce jeune homme pas compliqué, affectueux et bon amant, fut des plus ravigotants.

A lors Cocotte, toujours à la recherche de la grosse graine idéale? À ce que j'ai pu lire, décidément y a rien à ton épreuve. T'es folle raide. Écoute, dans ton genre j'en ai trouvé un. Un type aussi fou que toi. Son drame, c'est qu'il se prend au sérieux dans sa folie, sinon parfois ce qu'il raconte tient du délire joyeux. Ainsi je te gage que tu ne savais même pas que tu pouvais être une femme jovialiste. Lis ça, c'est drôle.

Portrait de la femme jovialiste, par le philosophe André Moreau:

«Les femmes jovialistes sont-elles des putains? Non, cent fois non, mais on interprète mal ce goût de la fête, ce besoin de rire, de faire l'amour, d'être libre qui les caractérise. Beaucoup de gens ont honte de leurs penchants. Ils se sentent coupables quand ils cherchent à assumer leur différence. Aussi préfèrent-ils tous se ressembler pour ne pas se faire remarquer. On appelle excentrique ceux qui se distinguent. Eh bien, les femmes jovialistes n'ont pas peur de se faire remarquer. Elles savent qu'elles sont faites pour la jouissance consciente et la créativité intelligente. Les femmes jovialistes sont sûres d'elles-mêmes. Lorsqu'elles font l'amour, elles ne se demandent pas si elles sont utilisées. Elles jouissent de l'homme qui est dans leurs bras.

Elles ne s'inquiètent pas de savoir si elles sont bien perçues. L'important est d'être soi-même et non de savoir ce que les autres pensent de nous. Adieu donc, amour punitif, possession névrotique, incapacité de partager, démolition passionnelle, dépression fugitive! La femme jovialiste sait ce qu'elle veut. Elle peut aller reconduire son mari chez sa maîtresse, faire des parties à trois ou se masturber en secret en écrivant ses mémoires. Elle a compris qu'elle est un Être et qu'elle est trop vaste pour se laisser engloutir par une passion. Elle ose, elle improvise, elle harmonise, elle crée, mais elle ne rumine pas de sombres pensées d'infériorité et fait confiance en son élan intérieur.»

Est-elle assez sautée à ton goût, la femme jovialiste? Nous étions presque jovialistes sans le savoir. C'est fou, non! Non mais blague à part, il en sort des pas pires, le gros Moreau. Lis ça, c'est pas con:

«Saurons-nous préserver la passion naïve et folle de la simplicité? Il faut de plus beaux êtres aux commandes de l'Univers! Les vieux débris qui nous gouvernent ne sont même pas beaux. À quand les vieillards séduisants et chargés d'intensité érotique.»

Hein, peux-tu me le dire? si notre ministre Ryan était pas si laid, si dénué de sex appeal, il ne serait sans doute pas aussi «straight» en ce qui concerne le droit de distribuer des condoms dans les écoles. Les moches, c'est connu, sont répressifs. Ryan, quand il était petit, il était tellement moche que l'on raconte que sa mère lui attachait un steak dans le cou pour que le chien joue avec.

Moreau écrit aussi:

> «Le défaut orgasmique des gens de notre époque qui ne savent pas jouir, vient de ce que le cerveau est bloqué. Ils ne sont pas assez fous, pas assez exhibitionnistes. La fête n'est pas descendue dans leur chair. Ils s'imaginent des scénarios de vie tristes, anxieux, agressifs, coupables et s'appliquent à les vivre. Ils fuient la nudité, le plaisir, la beauté, le sport, le flirt.»

Ils ne possèdent pas comme toi, Lili, cette sagesse joyeuse de l'éclaterie. Enfin voici un petit test de jovialiste pour évaluer ton état d'ouverture au monde:

> «— Aimes-tu le plaisir sexuel?
> — Aimes-tu commettre des actes illégaux, défendus et immoraux en amour?
> — Accepterais-tu de devenir une esclave de l'amour?
> — Quand tu es morte de désir pour quelqu'un, résistes-tu à ta passion pour des raisons ridicules au lieu de lui avouer l'effet qu'il te fait?
> — As-tu le goût de déshabiller les belles personnes que tu rencontres et de les attirer à l'écart et les caresser?
> — Ferais-tu n'importe quoi pour satisfaire un phantasme?
> — Es-tu capable de dire à quelqu'un qu'il te trouble?
> — Aimes-tu les mots vicieux?
> — Pourrais-tu danser nue ou te prostituer pour le plaisir?
> — Aimes-tu faire l'amour à plusieurs?
> — Es-tu érotomane?»

Si comme «mouille y tout» tu as répondu «oui» à la plupart des questions, c'est paraît-il parce que tu es sur la bonne voie. Tu es en train de débarrasser ta conscience des vieux tabous de l'éducation. Ça veut dire aussi que tu es capable de suivre ton idée au lieu de celle des autres. Alors ma chouette, qu'est-ce que t'en dis des jovialistes? C'est sauté! En tout cas, moi par curiosité, je me suis tapé une conférence avec André Moreau. Dommage qu'il se prenne sérieusement pour Dieu, parce que dans le tas d'idées qui se bousculent dans sa boîte à penser, il y en a des plutôt démentes.

J'espère que cet éclair jovialiste illuminera encore ta route. Pense positif, aime-toi d'abord et tout ira bien. À ce que je peux lire, t'as pas l'air de chômer en Grèce, tu me fais rêver comme d'habitude. Ça ne t'embête pas trop de susciter la jalousie des autres, ma salope. Tu nous émoustilles, puis tu t'éclipses...

Moi, honnêtement, je me sens un peu frustrée. C'est le petit train-train amoureux avec Lucien. On a eu une petite explication sur notre vie sexuelle concernant le cunnilingus. Il baise bien, c'est sûr, mais en ce qui concerne le cunnilingus, il n'est pas trop gourmand. C'est fou, il manque complètement d'imagination avec sa bouche. Sa langue, au lieu de l'utiliser pour me dire des mots doux, il pourrait me faire des douceurs avec et me l'engloutir où je pense. En plus, y paraît qu'un cunni, ça aide à prévenir la carie. Des fois je fantasme juste à l'idée de m'asseoir dans le visage de certains, surtout lorsqu'ils parlent sérieusement. Je m'imagine au resto, disant aux clients: «Dites, au lieu de dire des conneries, vous voudriez pas venir me brouter gentiment?»

Bon enfin, pourquoi je te raconte tout ça? Sûrement parce que toi, de ce côté-là, comme de tous les côtés d'ailleurs, ç'a plutôt l'air d'aller. Ton aventure avec Capitaine Jack a provoqué cette discussion. Je t'envie, toi, ma dinde. Tu te tapes des Adonis de service sur le bord de la Méditerranée et ta copine se fait limer par son beau bûcheron. Enfin, j'aurais intérêt à devenir plus jovialiste moi-même, tu me diras. Mais je suis niaiseusement fidèle et j'aime mon chum. Nous sommes sûrement un beau cas de possession névrotique, de passion gluante. C'est comme ça.

Je me plains parfois, mais ça veut pas dire que les autres sont mieux. Des fois, je suis tentée d'aller voir ailleurs, mais d'un côté, il est tellement super que j'oserais pas lui faire ça. Fait que je fantasme en masse et il m'arrive de lui dire ce qui me plairait. On verra bien.

Bref, je prévois terminer mes tableaux pour l'exposition en mai. Ensuite, il est question d'un voyage d'amoureux en République Dominicaine. Je te tiendrai au courant de mes allées et venues. En te souhaitant bon rut.

                                        Noune mal léchée,
                                        Coucoune

Coup de foudre

Lundi matin. À l'aéroport de Corfou, on nous apprend que le vol pour Athènes sera retardé. Les précieuses minutes que j'aurais pu dormir, blottie sur le corps chaud de mon jeune amant, sont donc remplacées par ces autres petits moments précieux, à remplir mon journal de bord.

Me voilà cependant distraite dans mes écritures par le sosie de Michael Douglas. Grand blond, yeux bleus, mâchoire carrée, fossettes et sourire tranche de salami. Assis en face de moi, me dévorant des yeux, se trouve ce bel individu.

Sexuellement hypersatisfaite de la veille, physiquement démantibulée, épuisée mentalement et contrariée par le retard de l'avion, ce n'est pas ce matin que je vais faire une levée. Relaxe ton sexe, ma cocotte.

Je ne bronche donc pas et me remets à mes écritures. Je reste impassible. Je ne le regarde même plus. Mais au bout de quelques instants, je vérifie si Michael Douglas me regarde toujours: il me regarde, me dévisage, me sourit même. Ciel que je suis fatiguée d'être belle!

Un tout petit bout du coin de ma lèvre picotte. Difficile de réprimer l'envie de sourire. Mes lèvres s'étirent presque malgré moi et forment un minuscule sourire. Les sourires sont contagieux. Heureusement, nous sommes maintenant invités à monter à bord de l'avion. Surprise, il se retrouve assis à mes côtés. Suspense, que se passera-t-il?

Livrée à mes pensées, j'en suis tirée par l'inconnu qui, trouvant un quelconque prétexte, amorce une conversation dans un mauvais anglais. Yan est capitaine de bateau. Il va chercher des voiliers à Athènes et les ramène à Corfou. Sa blondeur est héritée de son père hollandais et ses yeux perçants, il les doit à sa mère grecque. Cela donne un intéressant mélange. Il se demande, bien sûr, si je voyage seule, quels endroits j'ai visités, si j'aime la Grèce et ce que je pense des hommes grecs. Il serait, bien entendu, ravi de m'enseigner les mœurs et coutumes des Grecs et me propose d'aller chez lui à Athènes.

Je le remercie de son invitation. J'aurais envie de lui dire: «Non merci, j'ai déjà donné.» Mais je lui réponds la vérité: «On m'attend à Hydra.»

Déçu, il me file tout de même son numéro de téléphone et son adresse à Athènes, ajoutant même qu'il serait très heureux de me revoir. Dommage!

Ah! Tant d'hommes et si peu de temps. Traduction de mon T-shirt: *So many men, so little time.*

L'avion atterrit. Rapidement, je saute dans un taxi pour le Pirée. J'achète un ticket pour le «dauphin volant», un bateau ultra-rapide qui se rend à Hydra en une heure. Et me revoilà à Hydra, le repaire de Lili Gulliver.

Hydra, toujours aussi calme et jolie. Les ânes, toujours plantés sur le coin, attendent maîtres et passagers sous le soleil de midi. Rollando le crooner, comme les ânes, attend lui aussi les touristes pour son hôtel.

Je me dirige vers une taverne et revois Kosta qui m'affiche un large sourire de bienvenue. Il semble très content de me revoir et m'invite à sa table. On se commande une bouteille de retsina et il me raconte les derniers potins de l'île. On parle souvent du téléphone arabe, mais le téléphone grec est tout aussi efficace. Rien n'échappe à l'œil ni à l'oreille des insulaires. Kosta, ajustant ses verres fumés, ne donne pas sa place pour repérer qui va et qui vient dans l'île, et aux bras de qui. Depuis le temps que je loge à la pension Flora, Kosta m'a presque adoptée comme confidente. D'un naturel loquace, il a toujours plein de trucs à raconter. C'est un type intéressant qui a beaucoup voyagé. En plus du grec et de l'anglais, il parle très bien l'allemand et comprend bien le français. C'est un drôle de zigoto, un conteur-né. Il aimerait un jour écrire sa biographie amoureuse, un récit qui serait, paraît-il, assez animé. Je le crois. Avec sa petite gueule d'amour et son beau profil grec, il en a sûrement fait craquer plus d'une. Malheureusement pour lui, ce n'est pas mon cas, parce que dans la section poids et mesures, l'individu est trop petit à mon goût. Cela dit, rien ne nous empêche d'être amis.

Il m'apprend que Vangelis s'est fait virer du resto de son frangin parce qu'il a baisé une Allemande sur laquelle son jaloux de frère avait jeté son dévolu. J'apprends aussi que Manuelo, le gros patron du Pirate Bar, va se marier avec une très jeune Américaine à la fin du mois. Il y a eu un débarquement de haschich de Turquie récemment. La *policia* de l'île est sur le qui-vive. Mais la plus drôle, celle dont tout le monde parle et rit, c'est l'accident du camion de vidanges avec la voiture de police. Quand on sait qu'il n'y a que deux voitures sur l'île, faut vraiment faire exprès pour s'accrocher. La voiture de police est en pièces...

Après notre repas, nous regagnons la pension Flora et je me réinstalle dans la même jolie petite chambre que j'occupais avant mon départ pour Corfou. Pour m'occuper, je reprends l'étude de la langue grecque qui n'est pas des plus simples à apprendre. Ainsi, *oki* veut dire non et *né,* oui. Il serait tellement plus simple de dire *oki* pour oui, et *né* pour non! Mais non, *né* c'est oui et *oki* c'est non! Compris? *Né! Né!* Tu la sens bien? *Né! Né!* Ç'a l'air con, mais...

Les jours calmes se suivent. Petite routine de la vie insulaire, paisible. Déjeuners sur les terrasses, baignades, bronzage, lecture, bavardages avec quelques autochtones, dîners et sorties nocturnes au Pirate Bar. Question de prendre le pouls, de voir le nouvel arrivage de touristes ou de prendre un verre avec les locaux. À la poste, un télégramme de Mariloup me prévient que son arrivée sera retardée de quelques semaines parce que son frère a des problèmes.

Vangelis ayant quitté l'île, mes nuits sont plus calmes. L'une des très belles maisons des grands

capitaines grecs a été transformée en une petite
école, acquise par le musée des Beaux-Arts d'Athènes qui accueille des peintres et des artistes de passage. Moi qui ai toujours eu un faible-fort pour les
artistes, je m'y rends. Mais je n'y trouve rien qui
suscite mon intérêt. Hydra a beau être habitée par
des artistes de renommée internationale, tel Leo-
nard Cohen, nous sommes hors-saison et il n'y a
rien prometteur. Ce soir, tous les habitants de l'île
sont rivés devant la télé, à écouter un match de
foot, dans une *taverna* au bout du port.

Un soir, seule sur le balcon de la pension, je
me sens cafardeuse en cette nuit insolite, mar-
quée par une éclipse de lune. Je me demande
pourquoi je ne suis pas «casée» comme plusieurs
de mes copines. Pourquoi ne trouverais-je pas
quelqu'un que j'aimerais très fort et qui m'aimerait très fort? Pourquoi ne partagerais-je pas
un peu mon île, ma tranquillité, mes baignades,
des dîners, mes rires, avec un véritable amoureux? Les récréations sexuelles, ça va, mais ce
n'est pas très sérieux...

Le lendemain de l'éclipse, après un sommeil
très agité, je descends comme à l'habitude au port
pour déjeuner. À ma terrasse habituelle, je revois
Capitaine Jack arrivé ce matin de Corfou. Je le
retrouve assis, seul devant son café. Heureux de
nous revoir, nous bavardons. Nous parlons de température, de vent, de bateau lorsque notre attention est attirée par l'arrivée dans le port d'un
nouveau voilier.

— *Nice boat*, s'exclame Jack.

J'observe le capitaine qui, à première vue, semble bien constitué, amarrer seul, avec souplesse, son voilier. Je termine mon déjeuner avec Jack qui me confie que sa femme lui fait des misères avec ses crises de jalousie. Pas étonnant! Je le quitte pour faire quelques courses et nous nous donnons rendez-vous pour plus tard. Ensuite, je passe devant le *very nice boat*. Hélas! il n'y a plus personne à bord. Je continue ma route et ma routine; plage, lecture et rêves.

Pendant des jours, je rôde autour du nouveau bateau et de son capitaine. Je l'espionne littéralement. Assise à une terrasse face à son bateau, je le regarde s'affairer. Absorbé qu'il est à nettoyer et à astiquer, il m'ignore totalement. Moi, je suis littéralement à l'envers, c'est lui que je veux.

Le soir, je fais le tour des terrasses et des bars dans l'espoir fébrile de le trouver. Mais il mange à bord, semble se coucher très tôt. J'enrage. Devrais-je me planter en face de son bateau et lui dire que je les trouve beaux, lui et son bateau?

Si Kafka me voyait, il dirait: «Elle se déplaçait telle une cage à la recherche d'un oiseau.» Et il aurait raison. Trois pleines nuits que je fantasme sur ce bel inconnu venu d'Angleterre sur son «Phallus». Trois pleines nuits à élaborer des plans déments dans le but de provoquer une rencontre. Il a sûrement dû me voir, passant devant son bateau, mais il n'a rien fait pour chercher à me plaire. Le salaud!

Le quatrième soir, sous une lune presque pleine, j'aperçois de plein front, enfin! celui qui va devenir l'homme de ma vie... Il se pointe au bar, accompagné de Jack. Tous deux se dirigent innocemment vers moi qui, éblouissante et tout en ébullition, les espère.

Ô Zeus! Il est encore plus beau de près que de loin. Des cheveux bruns roux à reflets multiples, un sourire craquant, il est mince, élancé, musclé, avec en prime une gueule virile à la Clint Eastwood. Ses yeux mêlent les couleurs du ciel et de la terre. J'y plonge mes yeux vaseux. Moment fabuleux où un simple regard contient toute la complicité, la tendresse du monde.

Dès qu'il prononce mon nom, la foudre se déchaîne en moi. Coups de tonnerre, éclairs et tremblements, je suis émue.

— *Nice to meet you* (mon chéri).

Une chaste rougeur empourpre mes joues. Dès les premiers mots qu'il prononce dans un français cassé, à l'accent très british, je le trouve séducteur, original et marginal *(like me!)*.

Tous les deux engagés dans un tour du monde, nous nous trouvons de nombreuses affinités. Nous avons beaucoup voyagé et échangeons quelques anecdotes. Nous sommes magnétisés l'un par l'autre au point d'en oublier la présence de Jack. Perspicace, ce dernier sent bien que le nouvel arrivant me plaît et il s'éclipse, nous laissant tous les deux seuls à notre découverte mutuelle. Nos regards se touchent de plus en plus souvent. Assis à mes côtés, il me frôle parfois du genou et du coude. Subtilement, nous nous rapprochons. Je voudrais coller à son épiderme.

Sommes-nous faits pour être ensemble? Il est grand, je suis grande; il est beau, je suis pas mal; il est mâle, je suis femelle; il est seul, je suis seule aussi. Après quelques verres à nous boire des yeux, nous quittons le bar. Il me prend par le bras et, tout en marchant, soudainement, il m'embrasse. J'en suis tout ébranlée.

«Ô baiser! Mystérieux breuvage que les lèvres se versent comme des coupes altérées!» disait Musset.

Il y a des façons d'embrasser qui nous en apprennent beaucoup sur l'autre. J'aime sa manière de laisser aller sa voracité, son envie, sa tendresse. Les baisers, ça ne ment pas. Quoi de mieux pour attiser le feu intérieur qui nous dévore? Nous nous dirigeons alors vers son voilier qui, paisiblement, tangue.

Scénario n° 1: Il m'invite à bord de son bateau.

— Non! Non!, il faut que je rentre à l'hôtel.

— Laissez-moi vous raccompagner, voyons!

— Non! Non! Ce n'est pas possible.

Et très rapidement, je m'éclipse. Dans mon affolement j'oublie mon soulier et le lendemain, il fait tous les bars et terrasses pour me retrouver.

Scénario n° 2: Il me réembrasse passionnément, près du bateau, et me suggère de venir y boire un verre. Il me fait descendre dans son alcôve marine, me baise sauvagement et me kidnappe pour me vendre en Turquie, au cours d'une escale.

Scénario n° 3: Il m'invite à bord. J'accepte et manque le pied sur la passerelle. Je me retrouve baignant dans l'eau huileuse du port. Il me sort de cette sauce, m'enveloppe d'une serviette. Tandis que moi, honteuse, je retourne tout de go à mon hôtel, seule.

Scénario n° 4: Après être allée visiter son voilier qui tangue paisiblement, je le ramène simplement à la pension Flora, où mon marin pourra se reposer dans le confort douillet d'un grand lit double.

Je suis une fille facile et hospitalière. Aussi j'opte pour la solution simple et traditionnelle. *Scénario classique:* je l'ai carrément ramené à ma chambre.

Se reposer? Mon œil! À peine allongés, nous nous sommes longuement régalés de partout. J'embrasse ses paupières, son nez, son cou, ses épaules, alouette!

Je suis si heureuse de l'avoir dans mon lit! Je veux lui offrir une nuit qu'il n'oubliera pas de sitôt, je veux l'envoûter. Je fais des plans d'enfer, et je sais très bien m'y prendre. En l'embrassant, je butine jusqu'à son nombril, pour gentiment glisser vers sa verge déjà raide, bien tendue, qui m'espérait. De douces caresses, je flatte l'intérieur de ses cuisses et entreprends de lui lécher les couilles. Mon Britanouille semble apprécier cette délicatesse. Il gémit. Ses bourses sont rondes, dures, hérissées. Tu vas voir, mon beau marin, je vais te faire une de ces pipes de rêve! Et quand je le sens juste à la limite, que sa queue bien tendue est sur le point d'éclater, je m'empare d'une «camisole de Vénus» que j'essaie de lui glisser avec la bouche. Je la rattrape avec la main puis je le chevauche.

En lui enfilant le condom, je me demande si cette petite enveloppe est inflammable et comment pourra-t-elle résister à nos lance-flammes. Mon marin, après trois mois de chasteté en haute mer, semble pourvu d'une indéfrisable érection. Nous pratiquons le coït ininterrompu jusqu'au point d'ébullition.

Après l'amour, nous devons rapidement retirer le «vaisseau spatial» rempli à ras bord. Épuisés, nous nous endormons, enlacés comme des pieuvres. Nos corps se moulent, se happent, se soudent. J'aime son grain de peau, ses odeurs.

Vers onze heures, le soleil qui pénètre dans la chambre, nous surprend dans les bras l'un de l'autre. Mon capitaine Love étend sur moi un regard digne d'un Christophe Colomb découvrant l'Amérique.

— *My love,* murmure-t-il, en levant son beau visage vers moi.

— Mon amour, je réponds en m'inclinant pour l'embrasser, toujours l'embrasser.

Oh! mon beau *Thanksgiving!* Je promène ma main dans ses doux cheveux. Les petits oiseaux piaillent et gazouillent dans le ciel. Pour peu, je deviendrais poète.

Peter, mon Britanouille, me propose de partir avec lui sur son voilier, pour une petite escapade jusqu'à Kimi Evia, petit port au nord de la Grèce. Il doit y rejoindre son frère venu exprès d'Angleterre pour le revoir. Émue, flattée, troublée et excitée, j'accepte de partir avec lui.

Je boucle en toute hâte mes bagages, et avertis Kosta de ma fugue romanesque. Quinze jours. Je descends fièrement au port avec Peter. J'aime bien marcher avec un bel homme à mes côtés. Nous allons faire des courses et nous abordons le Phallus.

En m'embarquant avec lui sur le voilier, je m'embarque pour une formidable histoire d'amour. Comblés par les joies d'être ensemble et de découvrir l'univers, nous sommes heureux de notre odyssée.

À chaque fois que nous nous croisons à bord, nous nous administrons une série de baisers mouillés, salés, sucrés. Nous écoutons de la musique et cette écoute nous rapproche. Dans une chorégraphie moitié *lipstick* moitié danse, je lui fais une imitation de Tina Turner et de son *Private Dancer*. Il me réplique comme le ferait Mick Jagger dans *She is the boss*. Nous nous amusons follement, tout en voguant, presque nus, sur la Méditerranée. Le vent gonfle les voiles et la romance file bon train. Nous barbotons dans la joie. Je ne porte que mon costume d'Ève et un bracelet d'argent. Il me caresse du regard. Il adore mon petit derrière potelé. Sa façon bizarre de dire «po-te-lé» avec son accent british! Il s'amuse à caresser mes seins hérissés de désir.

Pour passer le temps agréablement, je lui montre à jouer à *Fais-moi des seins*. Le jeu est simple, il suffit de téter et ça gonfle, l'excitation s'empare de moi et nous enchaînons avec des jeux interdits. Au coucher du soleil, heureux d'avoir passé une belle journée, nous nous enlaçons, redécouvrant ensemble les dégradés colorés du merveilleux spectacle. Baise, baise et rebaise.

Comble d'insouciance ou de négligence, nous avons oublié d'acheter des préservatifs avant de partir. Alors, *fuck* les capotes anglaises! Vive l'amour et les risques! De toute façon, dans l'amour, rien n'est sans risque. Nous plongeons sans protection dans l'accouplement, échangeant nos sucs corporels, surmontant la peur de la terreur virale. Je sens que nous deux, c'est l'amour fou. Le sida peut-il résister au coup de foudre? Au coup de foutre? Je veux faire l'amour sans y penser. Vais-je tuer mon amour, ou est-ce lui qui va me mettre à mort — par la maladie? Le sida peut-il survivre en mer, au sexe salin?

Je baise, je fais l'amour sans condom et Dieu que c'est bon! Le sexe sous emballage est certes plus sécurisant, mais c'est plus emballant sans sécurité. J'ai aussi fait ma petite enquête et à priori, il n'a pas un comportement à risques. Enfin...

Nous jetons l'ancre dans une petite baie inhabitée et dînons à bord de plats que j'ai cuisinés à la Gullivera, dans sa version innovatrice (cuisine plus nouvelle). Langoustes grillées accompagnées de salade de riz et quelques légumes à la grecque trouvés sur place, marinant dans un pot. Et quelques verres de retsina.

À la tombée de la nuit, nous regagnons notre alcôve marine et nous nous livrons au plus léger des transports dans une délectable extase. Il a le don de s'enfouir au plus profond de ma plage et d'y exécuter un mouvement de vagues de fond tout à fait jouissif. Je coule. Nous confondons momentanément nos existences. Je me sens prise et noyée dans un océan de douceurs.

Au bout du quatrième jour, Peter anticipe déjà avec enthousiasme notre voyage autour du monde... ensemble! Il me fait part de l'itinéraire de pays exotiques que nous pourrions découvrir ensemble. Dans ma tête, j'entends la Piaf chantant *Je ferais le tout du monde si tu me le demandais,* et voilà qu'il me le demande. Le pire c'est que je me sens prête à capituler pour vivre cette grande *love story.* Je m'étonne.

Le naufrage

Après les îles grecques que nous explorons actuellement, nous irons en Turquie, sur ses plages sablonneuses et blanches. Ensuite, nous aborderons Chypre et puis enfilerons le Canal de Suez, pour poursuivre notre longue randonnée sur la côte égyptienne. Nous visiterons les pyramides, longerons le Yémen, avant d'effecter une escale de rêve aux paradisiaques îles Seychelles.

— Tu verras, mon amour, aux Seychelles, tout est amour et fusion. Nous y serons très heureux tous les deux.

Moi, maintenant, j'en rêve la tête appuyée contre son épaule. Je nous vois presque... suspendus dans un hamac entre deux cocotiers, à vivre la romance de ces lieux magiques.

Puis, nous reprendrons notre périple vers les Maldives, tout aussi enchanteresses. La Thaïlande, l'Indonésie, pour aboutir en Australie où nous nous marierons et aurons beaucoup d'enfants. Un vrai conte de fées. Au secours!

Je suis fascinée par le projet. Mais en même temps, j'ai dans la tête tant de joie, tant de projets, tant de questions et tant de craintes. Je suis surprise par sa détermination. Il a l'étoffe d'un bâtisseur. Mais m'aime-t-il vraiment? N'agissons-nous pas avec trop de célérité? Habituée à vivre au jour le jour, comment puis-je m'engager pour ce long périple au bout du monde? Je ne lui cache pas mes doutes à propos de cette promiscuité pendant ce long voyage de deux ans...

Sûr de lui, il m'enlace, m'embrasse... Il goûte d'abord, puis me plante sa graine, me bêche avec ardeur sous le soleil qui nous dore. Il me laboure jusqu'à ce qu'il se libère de sa semence, à l'extérieur de mon ventre.

Si nous ne prenons pas de précautions, nous pourrions faire de jolis bouts de choux. Je me vois en Olive Oil, femme de Popeye le vrai marin, accouchant d'un petit junior en pleine mer. Quel délire!

Nous pratiquons maintenant le *coïtus interruptus*. Par aptitude, il parvient au contrôle absolu de son éjaculation. Il accède ainsi, selon lui, à un niveau de conscience supérieure qui le rapproche du cosmos. C'est un principe taoïste. La félicité obtenue par l'immobilisation du sperme: le Mahâsukha, c'est-à-dire, le grand bonheur. Moi, pendant qu'il se rapproche du cosmos, je plane directo dans la galaxie.

Avec patience et amour, Peter m'enseigne quelques règles taoïstes ou l'amour tantrique. Il s'agit d'expirer à chaque retrait du sexe et d'inspirer à chaque poussée, ou encore d'inspirer par le nez par paliers et expirer d'un seul coup par la bouche. Je pratique aussi des exercices de contractions des muscles vaginaux de façon régulière. Je suis plutôt douée, semble-t-il. C'est fou ce que j'apprends rapidement quand il s'agit de jeux érotiques. Bien entendu, nous pratiquons l'amour tantrique à l'extérieur, voguant sur la Méditerranée, sous des conditions climatiques idylliques.

Emprisonnée dans les cordages de l'amour, Peter me promet mers et mondes. Il m'explique que je suis la femme de sa vie, belle, intelligente (si peu)...

— Nous avons la même destinée et je veux rester près de toi, mon amour.

Il me dit qu'il y a longtemps qu'une fille ne l'a troublé autant.

— Normal, que je lui balance en le taquinant, trois mois à naviguer tout seul... Moi, à ta place, je serais tombée amoureuse de la première brebis à se pointer le museau.

— Te moque pas, Lili, je suis sérieux, je t'aime.

Que répondre à un tel aveu?

— Je pense loin, ajoute-t-il, et j'aimerais qu'un jour nous fondions un foyer.

Ma parole, c'est presque une demande en mariage! Toutes ces émotions me bouleversent. J'ai le cœur qui chavire en masse. Je l'aime, il m'aime, c'est le bonheur. L'aventure, les projets d'avenir, tout est permis, il n'y a rien de trop beau quand on rêve d'amour. Quand on vit l'amour. Comme Édith Piaf, je lui chanterais:

«Avant toi, y avait rien, après toi il n'y aura plus rien.»

J'y croirais presque. Plusieurs hommes m'ont survolée mais rares furent les élus qui ont atteint ma profondeur. Lui, je le sens, pourrait y arriver. L'étoile filante que je suis pourrait bien se fixer, comme sur une carte postale de Bethléem.

Décidément, l'auteure du *Guide Gulliver* est emportée par les émotions. Le guide sera donc momentanément suspendu et peut-être même abandonné pour toujours pour cause d'amour aigu. Il suffit d'avoir un homme dans la peau pour que tout tombe à l'eau.

Je pourrais me recycler dans le roman Harlequin, puisque c'est carrément l'histoire que je vis: héroïne un peu fragile, vivant l'aventure avec un homme beau et fort qui lui parle d'amour. Moi, si volage, si forte, me voilà devenue femme sensible, amoureusement amoureuse. Je le sens apte à me faire accepter n'importe quoi. Il creuse un grand désir en moi. Nous nous connaissons depuis très peu de temps mais j'ai comme la sensation de le connaître depuis toujours.

Installée à l'ombre de la grand-voile, je médite sur ma chance: être ici, dans ce pays magnifique, avec cet amant merveilleux. Je vis les meilleurs moments de ma vie. Je sais que chacune fait sa chance, mais j'ai vraiment gagné le gros lot. Une légère brise nous fait voguer doucement, encore une chance. Ma vie n'est plus qu'allégresse; des dauphins s'amusent dans les vagues. Je rayonne. L'environnement me rend heureuse. Je mentirais si je disais que je m'ennuie des rues sales et transversales de Montréal. Devant moi défilent des paysages merveilleux. Chaque île est une expérience fascinante. Je ne pense qu'à être bien et heureuse avec mon nouvel amour. J'ai l'impression d'avoir trop d'air à respirer. Je ressens l'ivresse de vivre. Impression paradisiaque. Si je meurs, c'est ainsi que j'aimerais que ça se passe, spontanément heureuse. Perdue dans cette luminosité d'un ciel grec enveloppé dans la ouate de l'amour. Le paradis, c'est sûrement ça!

Peter me rejoint à l'avant du bateau; il me dit qu'il me trouve belle, me donne un baiser et repart manœuvrer. Je l'aime. Je sens que je suis prête à m'ouvrir, à laisser parler mon âme, à vivre plus profondément.

Enfin, je vais prendre le temps de la découverte totale. Freiner mon errance sexuelle. Fini le libertinage insolent, adios ma belle brochette d'Adonis exotiques, aux oubliettes le *Guide Gulliver,* L'idée était séduisante, j'en conviens, mais l'amour m'a retirée de la circulation. Finie la tournée des grands trucs. Je renonce à toutes ces pompes. Mais j'ouvre les valises de mon cœur. La goélette vagabonde s'est trouvé un port d'attache. De tous les corps croisés, je sais que c'est lui, mon homme. Tous les organes, y compris le cœur, sont en érection pour lui. Je ne suis plus la douce savonnette qui glisse dans les mains du destin mais plutôt l'éponge qui adhère et qui absorbe.

Tout me pousse vers lui, dans ce cadre magique. Surtout qu'il est le seul à bord! J'entends la voix de la petite pulsion tapie au plus profond de mon cœur, qui me dit:

— Vas-y, c'est bon, vas-y, abandonne-toi.

Cette nouvelle aventure avec un grand A bouleverse mes projets et mes théories sur la vie. Moi qui, au départ, étais bien décidée à goûter aux délices du célibat, moi qui avais inventé le *Guide Gulliver* de la baise internationale, je m'étais bien promis de ne plus vivre avec un seul homme. Je voulais faire mon grand voyage comme cellule autonome, en me payant du bon temps avec quelques bonshommes. Que ceux qui m'aiment me suivent, et au suivant!

Mais changement de cap. Amoureuse et fascinée par mon homme, je veux le suivre au bout du monde. Cette proposition bouscule mon beau programme. Scorpionne, je privilégie la passion et les gros frissons. Cette attitude peut paraître formidable, mais j'angoisse un peu. Mon esprit d'indépendance est englouti sous les vagues pulsions de ma vie émotive.

Nous connaissons de grands moments d'évasion romantique. Le cadre enchanteur des îles, les conditions climatiques idéales, notre fascination l'un pour l'autre, tout contribue à nous rendre heureux. Ah! les doux moments de baignade en mer où, retenus par une corde, nous nous laissons porter sur l'eau, tirés par le bateau qui, lentement, avance.

Moi, allongée sur le ventre et lui, sous moi, nus tous les deux, nous rions au risque d'avaler l'eau. Excités, nous remontons à bord où, livrés aux caresses du vent et de nos mains, nous nous prenons dans d'abracadabrantes positions.

Ainsi, je rejoins Peter, assis, la queue dressée entre les mains, tendue vers le ciel. Je m'y empale en toute simplicité. Ma fente fiévreuse s'écarte pour glisser son beau membre au plus profond de mon ventre. De sa bouche gourmande, il me tète la pointe d'un mamelon bien excité. Et nous baisons ainsi sous le soleil, caressés par le vent chaud. Le paradis terrestre!

Ou alors, penché sur la roue, il me pénètre en levrette tout en manœuvrant le bateau. Mes cuisses musclées et mes seins durs le font rêver. Il a la caresse admiratrice. Je me sens belle et tout à fait bien entre ses mains à la poigne solide.

Satisfaits, nous replongeons à l'eau pour nous rafraîchir. Nous nous laissons flotter dans cette mer éclatante. Comme il y a peu de vent en cet après-midi, nous nous reposons en jouant aux échecs.

À ce jeu, Peter élabore de brillantes stratégies qui parfois, me laissent sans pion. Échec et mat! N'empêche que je prends les échecs au sérieux puisque le gagnant aura droit à un «brou-brou» de luxe. Perdre est agréable, mais gagner un cunni, quelle joie! on se sent reine. Après l'effort intellectuel, quelle belle façon de se détendre. Cette fois-ci je perds, hélas! Coopératif, mon Britanouille se laisse sucer comme un popsicle.

— Tu suces bien.

— C'est un don. J'aime bien la fellation; le seul hic, c'est qu'on ne peut pas rire en le faisant.

More romance? Nos arrêts dans les petites îles nous permettent, outre le ravitaillement, de dîner dans une petite *taverna* grecque, de nous régaler de moussaka, de calmars frits et de boire de la retsina. Nous nous promenons dans les environs du port bras dessus, bras dessous, sous les regards curieux des insulaires. De retour au voilier, nous écoutons de la musique, ou encore, assis sur le quai en sirotant un whisky, nous nous racontons nos rêves, nos projets pour le lendemain. Mais au fait d'où vient-il? Où est-il né? Que faisait-il avant de me rencontrer? J'apprends qu'il est né d'une famille modeste à Londres. Son père travaillait sur un chantier naval et il lui a enseigné la voile. Le grand-père paternel était marin et toute son enfance, Peter a rêvé de prendre la mer et de faire le tour du monde. Son argent, il l'a gagné dans l'immobilier, en achetant, en rénovant et en revendant à profit.

L'année dernière, il s'est rendu en Suède où il a fait l'acquisition de ce beau voilier, de type sport. Je n'y connais rien mais, dans le milieu de la voile, on dit que c'est la Porsche des voiliers. J'apprends aussi qu'il a été marié pendant cinq ans avec une Irlandaise et qu'il est divorcé depuis deux ans. Sur sa vie affective, il est plutôt discret. Il porte en lui je ne sais quel secret. Par contre, après dix jours de voyage ensemble, c'est encore la lune de miel.

Peter a un petit côté piquant, il souffle tantôt la chaleur, tantôt le froid. Moi, je suis très maladroite avec les nœuds et j'allume toujours aussi vite quand on me fait un reproche. Mais la réconciliation arrive très vite. Ne faut-il pas un petit grain de sable dans l'huître pour que celle-ci produise une perle?

— Patience et persévérance, comme se forçait à me répéter ma mère, sont les clés du succès.

Mon seul petit point de désenchantement, parce qu'hélas il en faut! c'est qu'une fois l'acte terminé, mon Britanouille satisfait a nettement tendance à se replier rapidement, épuisé-mort. Il m'embrasse parfois pour la forme, mais habituellement, il s'écrase. Il s'endort près de moi, qui veux encore causer, babiller. Il décroche complètement et ronfle parfois allégrement. Pendant ce temps, perplexe, je le regarde dormir ou je soupire, tressaillant encore sous les derniers frissons de notre jouissance. Moi, je recommencerais bien. Mais mon marin, satisfait, ronronne. En fait, il ne ronronne pas, disons-le, il ronfle.

Il a beau prétendre qu'il ronfle pour me protéger des animaux, ces grognements bulleux, ces sons rauques sont difficiles à supporter, même pour une jeune femme amoureuse. Amour égale insomnie. Il y a parfois beaucoup d'action à la porte de son épiglotte, ce qui agite les bibites dans ma cage à idées.

Douzième jour magnifique. Nous organisons un pique-nique gastronomique, sur un monticule rocheux qui surmonte la mer. Je m'allonge sur la nappe, tandis que Peter m'enduit de tout ce qui compose notre menu. Il dépose sur le bout de mes seins des olives qu'il s'empresse ensuite de cueillir du bout des lèvres, suçant mes mamelons qui gonflent rapidement. Puis, il descend, tel un papillon, butinant avec sa langue mon corps couvert de yogourt au concombre, léchant jusqu'à ma vulve farcie de feuilles de vigne farcies. Je suis ouverte comme une cantine de plaisirs. Il prend tout son temps pour se régaler sur mon corps. Pour le dessert, il aura une noune au baklava!

J'explose de rire et de jouissance. Le miel jaillit dans sa bouche.

Moi aussi j'ai faim. Je prends alors sa belle courge et je l'enduis de purée d'aubergines, que je suce gloutonnement. Je la prends ensuite dans mes mains et l'incorpore dans mon sexe afin d'éteindre le feu qui m'anime. Je l'enfourche pour sentir les muscles de mon sexe au miel glisser sur son gland à l'ail. Nous avons baisé longuement, sur notre petit monticule. Quel repas! Nous avons regagné notre voilier, repus. Quel agréable mouillage! Longeant la côte, nous sommes passés près d'un petit groupe d'îles verdoyantes: Skiatos et Skyros. Nous voguons à soubresauts, frappés par les courants marins.

Notre première romance flottante a duré exactement treize jours et quatorze nuits. La dernière nuit, je ne me sens pas très bien. La vague de chaleur m'incommodait, me causant des migraines passagères. Je dois demeurer à l'ombre.

Nous devons cependant nous rendre à Kimi, port de ravitaillement, le plus tôt possible car, romance aidant, nous avons perdu un peu de temps en cours de route. Temps qu'il nous faut rattraper à cause de l'arrivée du frère du sultan de mon cœur. Nous devons donc naviguer de nuit. Vers minuit, épuisée, je décide d'aller m'allonger pendant que Peter navigue seul.

Les voiles sont déployées et le moteur ron-ronne. Je me couche mais je n'arrive pas à dormir: je me sens coupable d'être une inutile à bord. Je devrais être là, là-haut, dans la nuit humide, à tenir compagnie à mon homme. Je me lève et vais rejoindre Peter qui navigue walkman aux oreilles. Je le regarde, attendrie, lui regarde la mer. Je m'approche de lui pour le prendre dans mes bras, je le trouve beau sous les rayons de la lune. Au loin, les phares clignotants de quelques navires.

Il m'écarte, prétextant qu'il lui faut toute son attention. Je sens qu'il me trouve moche avec mon feu sauvage! Je me résigne puisque je ne peux être ni utile, ni d'agréable compagnie. Je m'allonge dans mon lit mais, je n'arrive toujours pas à trouver le sommeil. J'ai perdu l'habitude de dormir seule. Il est maintenant trois heures du matin. Je remonte sur le pont. J'offre un café à Peter qui accepte. Je m'assieds à ses côtés. Il semble ailleurs, l'air absent. Il ne parle pas, il m'ignore. Bizarre! Je le sens si distant.

— Est-ce que ça va bien? que je demande, hésitante.

— Oui!

Il remet ses écouteurs et n'émet plus un son.

Je suis un peu décontenancée, peu habituée à la douche froide en pleine nuit. Tant pis. J'ai du mal à maîtriser les sentiments qui m'assaillent en moi. Le brouillard et l'humidité de la nuit me glacent jusqu'aux os. La froideur de mon Anglais me givre le cœur. Mes yeux implorent une explication rationnelle, mais la réponse ne vient pas. Je panique, peut-être est-ce la fatigue tout simplement... Il y a bien eu ces jours derniers, une succession de petits changements presque inapparents...

J'ai besoin d'être rassurée. Alors qu'il se lève pour descendre à la cabine, j'en profite pour lui caresser la jambe au passage; il ne s'arrête pas, ne me sourit pas. Seulement une lueur froide dans son regard. Il descend rapidement et me laisse seule à mariner. Son indifférence ne m'est pas familière, je la subis mal.

Qu'est-ce que j'ai fait ou n'ai pas fait? Avec lui, le partage des tâches est difficile, j'en conviens. Il est si efficace. Il fait tout si bien: manœuvres, nœuds, navigation, cuisine, et je me sens souvent incapable de le seconder. En plus, avec mes feux sauvages, mes boutons de chaleur, ma mine de chienne épagneule, je me sens plutôt moche, maladroite et ça doit l'agacer. Je feins d'ignorer ce petit moment creux et plat qui s'installe entre nous deux. Je reste muette à ses côtés jusqu'au lever du jour, jusqu'à ce que nous amarrions, sur les quais d'Evia, à six heures exactement.

Je l'aide du mieux que je peux pour les nœuds qui doivent retenir le bateau au quai. Quant aux nœuds de mon estomac, ils ne se dénouent pas. Peter s'allonge enfin près de moi, se retourne sur le côté et s'effondre en ronflant.

Deux heures plus tard, un bateau de pêcheur heurte notre bateau. Peter sursaute, furieux. Notre dernière journée ensemble va débuter ainsi. Je le retrouve sur le quai, de mauvaise humeur, en train d'injurier les pêcheurs grecs qui ont heurté le voilier. Pas de dégâts apparents; je tente de le calmer, de lui parler, mais il m'évite à nouveau et continue de pester contre les Grecs.

Puis, il retourne ses frustrations et sa mauvaise humeur contre moi. Il m'engueule parce que la vaisselle traîne, m'engueule parce que les cordes ne sont pas enroulées correctement, parce que je suis malade, n'importe quoi.

Un horrible soupçon s'empare de moi. Seul, son bateau compte. Peter ne vit que pour son voilier. Quand il est satisfait et que tout se passe bien à bord, il est délicieux. Mais s'il est contrarié par un problème sur le bateau, il devient distant. Excessif et passionné, il passe de la bonne à la mauvaise humeur au gré du vent. Je veux bien comprendre que c'est son rêve de gamin qu'il tient entre ses mains, le plus gros jouet qu'il a toujours désiré, mais est-il capable de le partager vraiment?

Et moi, suis-je faite pour subir les humeurs d'un bougon de mauvaise foi? Nous sommes à Kimi Evia. Cet après-midi, son frère et sa belle-sœur seront de la partie. Peut-être n'a-t-il plus besoin de moi? Moi, si inutile. L'homme qui me promettait les îles Seychelles, le tour du monde, est descendu du rêve. Ce n'est plus l'amour fou, c'est l'amour flou qui flotte dans le non-dit.

Il ne m'en faut pas plus pour me réveiller aussi sec. Comme, de toute manière, il était prévu que je revienne à Hydra pour y retrouver mon amie Mariloup, je décide d'abréger l'escale et fait part à Peter de mon intention de le quitter pour retourner à Hydra.

Il ne paraît pas très surpris de ma décision. Il accepte mon départ comme prévu. Il vient me reconduire à l'autobus, m'embrasse et me salue d'un regard triste que je lui rends. Nous sommes arrivés aux phrases presque banales.

«C'est un plaisir de t'avoir rencontré, j'ai passé de très bons moments avec toi…» et d'autres banalités qui masquent l'échec de notre relation, alors que pendant presque quinze jours, nous avons frôlé l'apothéose. *Short and sweet,* comme disent les angliches.

— Peut-être nous reverrons-nous un jour? dit-il, ravalant sa pomme d'Adam pendant que je ravale mes larmes sous mes verres fumés.

— Qui sait? Le monde est si petit!

Je monte dans l'autobus, bouleversée, déçue, ne comprenant pas vraiment ce qui vient de m'arriver. Sitôt éprise, si vite déprise. C'est avec une petite mine un peu ravagée que je me retrouve à défaire rapidement les kilomètres que nous avons parcourus ensemble.

Le voyage de retour s'effectue dans le flou et l'incertitude. J'ai peine à réaliser que c'est déjà fini car cette saga survit encore en moi. J'ai beau m'éloigner, déjà son absence m'accable. Je me sens écartelée. Mon cœur flotte encore en mer, tandis que le corps est à bord de l'autobus. Son absence me terrasse tout autant que m'aliénait sa présence. Je suis perdue. Je laverais mes souliers avec mes larmes tant je suis triste. Comme le disions la Sagouine: «C'était ben du parlage dans le beurre.» Et moi, connasse, à chaque fois j'y crois. «Ne lance pas ton cheval au galop avant de l'avoir fait trotter», me répétait mon grand-père. Je n'apprendrai donc jamais!

Il fait jour bleu en Grèce comme d'habitude, mais moi je broie du noir. J'ai les *blues* et je ris jaune. L'arc-en-ciel des émotions y passe. La Grèce, vue de terre, me semble plus aride qu'elle m'apparaissait, vue de mer. Version voilier, version autobus, rêve et réalité. Le grand amour, quelle utopie! Escroquerie! Un conte de fées? Ouais! Une situation de rêve qui se termine en réveil brutal. Naïve, va! Et si je me trompais? J'ai peut-être pris trop rapidement son silence pour du rejet. Et si ça n'en était pas? Peut-être qu'il regrette de s'être emporté contre moi? Je ne lui ai pas laissé beaucoup de chances de se reprendre. Pourquoi ne m'a-t-il pas retenue? On se fait chacun son propre cinéma, mais ne m'avait-il pas dit qu'il voulait que je sois la femme de sa vie?

C'est dans cette confusion totale que je retrouve Athènes, grise, humide, chaude, grouillante et bruyante. Poursuivie par la meute habituelle de mâles en rut, je fonce. Poussez-vous les mecs, dégagez l'arène. Je suis d'humeur à casser des assiettes sur la tête du premier qui me niaise.

Je traverse rapidement la ville et loue une chambre dans un hôtel bien ordinaire, au Pirée. Le ciel est couvert. Depuis le temps qu'il fait soleil... Soir de pluie.

Le party

J e vois Hydra tel un espèce de gros rocher habité, ancré dans la mer Égée. Comme c'est réjouissant de revoir ses maisons multicolores, comme peintes par des enfants joyeux, qui s'avancent dans l'eau! Je regagne à nouveau ma pension Flora et surprise! Mariloup m'y attend. Nous nous sautons dans les bras.

— Dis donc, t'as l'air en forme. Quel bronzage! Et pas un poil de graisse! T'es toute belle.

— Toi aussi, t'as une mine superbe, un peu pâle peut-être, mais le soleil d'ici va te caraméliser la peau rapidement. Ça te va très bien les cheveux comme ça. T'as bien fait de les laisser allonger.

Rien de tel que les compliments pour se remettre en forme.

— J'ai tant de chose à te raconter, Lili. Tu peux pas t'imaginer ce qui m'est arrivé. Mes vacances en Grèce ont commencé à la grecque.

— Ah oui! Déjà?

— Viens, allons prendre un verre et manger. J'ai un petit creux et je vais te raconter tout ça.

— À propos, je m'excuse, j'ai pas eu le temps de te dégotter ton homme grec idéal, riche comme

Crésus, beau comme Adonis, philosophe comme
Aristote et fort comme Hercule, mais t'inquiète
pas, chasseresse comme tu es, tu devrais rapidement dénicher le gibier.

— Bien, c'est justement de ça dont je voulais
t'entretenir, ma Lili. Allez, prends ta douche, ha-
bille-toi et je te parlerai de ça plus tard.

Nous sommes descendues chez Nassos, un
restaurant-terrasse au bord du port, avons com-
mandé une bouteille de retsina, deux salades grecques et des calmars frits.

— Alors, ton voyage, ça s'est bien passé?

— Tiens-toi bien, ma vieille. Figure-toi que
dans l'avion, j'ai rencontré un homme d'affaires
grec. Jeune quarantaine, bel homme aux allures
distinguées. Il a le beau style grec, tout en muscles
avec un je ne sais quoi d'assez canaille, son regard
fiévreux peut-être. Charmeur, il amorce une conversation avec moi. J'apprends alors qu'il est bijou-
tier et qu'il vient à Athènes par affaires. Il traite
avec son frère jumeau. Il me parle de son beau
pays, des voyages, de sa vie en général. Il commande du champagne et, bref, on fait amis assez
rapidement.

Au bout d'un moment, je sens sa main se
poser sur ma cuisse et ma main se retrouve dans la
sienne. Je me dis que si je vais en Grèce avec l'intention de m'éclater et si je veux être d'une quelconque aide à ton fameux guide, je suis mieux de
démarrer rapidement dans mes expériences. Ce
que je fis. On commence donc à se peloter gentiment. Heureusement que les compagnies aérien-

nes fournissent les couvertures parce qu'à un moment donné, je me retrouve sans petite culotte, la jupe bien retroussée et le monsieur, la bite à l'air. À 30 000 pieds d'altitude! Nous voilà partis pour une petite branlette aérienne. C'était plutôt comique, on se branlait en écoutant distraitement le film *Autant en emporte le vent*. Mais là où ça devient grandiose, ma fille, c'est à Athènes. Un peu fatigués, un peu ivres et ébranlés, nous récupérons nos bagages. Pollux insiste pour que j'aille passer la nuit avec lui chez son frère jumeau qui est venu nous accueillir à l'aéroport, en Land Rover. Comme ils sont bien chaleureux et accueillants tous les deux, j'accepte. L'aventure, c'est l'aventure.

Nous arrivons dans une superbe villa, à Athènes. Le gros luxe, avec des statues de marbre d'Adonis, de Vénus, des tapis persans, des chandeliers, bref tout le kit des villas cossues. Nous prenons un verre et un goûter sur une grande table en marbre noir, bavardons un peu puis notre hôte nous guide vers une immense salle de bains, très sobre, aux lignes simples, et au milieu de laquelle trône un grand bain tourbillon.

Comme de raison, le frère de Pollux, Spartacus, propose que nous nous y glissions. Rien de plus relaxant après un long voyage. D'abord hésitante, je me décide. Je me déshabille et me glisse dans l'eau chaude et mousseuse. Sans trop tarder, les deux frères se retrouvent dans la baignoire. Une vingtaine de doigts commencent à jouer de mon corps comme d'un instrument de musique. Je me sens palpée de toute part, je m'abandonne à leurs attouchements. Ce fut le début d'une belle aventure érotique. Ce bain fut tout, sauf relaxant. J'ai rarement connu et vécu autant de volupté.

Nous nous laissons aller aux caresses. Je me sens glisser et fondre comme une savonnette. Légèrement ivre et décalée, je vois double lorsqu'ils me prennent, m'essuient et me mènent dans un lit immense. J'ai certes éprouvé une légère trouille, mais ils étaient si beaux, si gentils, si synchronisés dans leurs gestes que je me suis détendue.

Comment dire non à une si belle occasion? Ce n'est pas chaque jour que l'on peut voir doubler son capital érotique. Pollux me prend dans ses bras tout en s'occupant de mes seins, Spartacus s'amuse avec la partie inférieure. Ma poitrine se gonfle, ma chatte s'humidifie. Simultanément, ils viennent téter mes seins, comme ils ont dû le faire lorsqu'ils étaient nourrissons. Ils butinent sur mon corps. Je suis leur centre d'attraction. C'est Castor et Pollux, jumeaux mythologiques figés dans l'éphémère Mariloup étoilée. Mon ventre connaît la naissance de l'émoi, mon corps s'enflamme et bientôt je sens que je ruisselle, que j'ai le feu au cul. Je suis comblée lorsque Pollux vaillamment me pénètre à l'avant tandis qu'une queue persuasive se glisse sur mon cul et s'y insinue. Mes deux entrées envahies par des jumeaux identiques... de la bite. J'ai savouré leurs pénétrations, secousse après secousse. Quel voyage! J'ai bien tenu la route, je planais, je revenais, je repartais.

Tu connais ma voracité amoureuse, je me demandais comment on peut se contenter d'un seul homme. J'aimais bien ma couverture de poils canadiens — Philippe et Robert, mes voisins —, mais là, c'était encore plus fort. J'en avais le vertige. Ils me parlaient en grec et en anglais. Des ordres? Des gentillesses? Des saloperies? Je n'en sais rien.

La passion qui m'habite me laisse peu de répit. Ça s'agite en grand et c'est un grand branle-bas de combat intérieur. À maintes reprises j'ai connu la jouissance suprême; en toute modestie, mes jumeaux sont fous de moi. Ils me le déclarent unanimement. Ils trouvent que je suis une vraie prodige.

Un seul, c'est déjà beaucoup. La portion double, quelle orgie grecque! Mais tu te rends compte, Lili, ç'a toujours été un fantasme pour moi, me taper deux hommes. Une partie de moi recherche la tendresse, l'autre l'amour brut. Je me suis sentie comblée. Ils m'ont honorée tous les deux avec passion. J'ai adoré. Par contre, c'est fatigant et même épuisant.

Je leur donnerais la cote «extraordinaire», catégorie fiction devenue réalité!

Je te dis que ça valait le détour et l'arrêt. Quelle escale! Je les ai quittés cet après-midi après leur avoir promis de repasser à Athènes avec toi. Il faut absolument que tu rencontres ces spécimens. Quelle bonne affaire pour ton guide!

— Ouais, je vais dire comme toi, ça commence doublement olé olé tes vacances en Grèce.

Moi qui me croyais salope, décidément, il y a toujours mieux que soi. As-tu pensé à mettre des
condoms?

— Ben non, Lili, dans le feu de l'action,
j'avais vraiment pas la tête à ça. J'espère que j'at-
traperai pas de conneries. Y a-t-il beaucoup de cas
de sida en Grèce?

— J'sais pas trop, les gens sont plutôt mal
informés là-dessus. Les Grecs, bien entendu, pré-
tendent qu'il n'y en a pas beaucoup. Mais avec
toutes les sortes de touristes qui déboulent ici...
Moi, si j'étais toi, cocotte, je ne me risquerais pas
trop. On sait jamais! Enfin, panique pas là-dessus,
tu passeras ton test à Montréal, et bienvenue Mariloup.

Sacré Mariloup, égale à elle-même. Une vraie
feu-melle. Il y a quelque chose de légèrement ob-
scène chez elle. Un petit côté maso, peut-être. Elle
a aussi le goût du risque.

Je raconte mon dernier *Love story* à Mariloup. Je lui conseille de prendre la relève pour
mon guide. J'ai plus le moral et je songe à me
refaire un pucelage.

— Comprends-tu ça, Mariloup? il me manque, l'animal! C'est pas parce qu'on est séparé de
quelqu'un qu'on ne l'aime plus. Je pense qu'on
s'est séparés un peu trop vite, sur un coup de tête
et c'est sûrement de ma faute. J'aurais dû être plus
patiente. Je trouve que je traverse ma vie sentimentale contre vents et marées.

— Mais voyons, Lili, ressaisis-toi. Tu aimes
croquer la vie à pleines dents. Tu t'amuses, tu

bois, tu bouffes, tu couches avec un peu tout le monde. Là, tu tombes amoureuse et ça ne marche pas, c'est pas grave, voyons. Une histoire d'amour de vacances, tu vas t'en remettre tout de même! T'es bourrée de vitalité, d'imagination, t'es toute belle. Voyons, Lili, reprends ton cap, le monde t'appartient. Moi aussi je vis parfois en état d'amorosité, mais par courtes périodes. Le toujours-jamais, est-ce bien nécessaire? Tu te souviens de notre dicton? «On ne construit pas une maison avec un seul outil, serait-il le plus précieux des marteaux!» Puis, tu le sais bien que pour oublier un amant rien de mieux que les bras d'un deuxième. Tu vas voir, toi et moi, on va s'amuser à bitiner les fleurs mâles. À propos, au marché ce matin, j'ai remarqué qu'il y avait de très beaux hommes. Des gueules fort intéressantes, même.

— Oui, c'est dans les îles de la mer Égée qu'on retrouve le type physique hellénique antique, à ce qu'il paraît. On y voit cette impassible beauté de la sculpture antique, le légendaire profil grec et les chevelures d'ébène, les yeux sombres et profonds. Les physiques sont athlétiques et les hommes ont des allures fort viriles. J'aime aussi regarder les vieux pêcheurs aux cheveux grisonnants, au visage émacié et aux yeux remplis de sagesse. Oui, ils sont beaux les Grecs d'ici avec leur beau teint méditerranéen, plus beaux qu'à Athènes. Ça me plaît bien. J'ai aussi constaté qu'il n'y avait pas beaucoup de femmes autour.

— Les femmes semblent mener des existences de taupe quasi monastiques. C'est vrai qu'on ne les voit presque pas. On les aperçoit parfois dans les boutiques. Mais règle générale, ce sont les maris qui font les courses. Elles, elles doivent s'occuper de tenir maison, de faire le ménage, les repas. Tu piges le topo? Les Grecs, il vaut mieux les avoir comme amants que comme maris. Inépuisables au lit, inépousables dans la vie. Par contre, ce week-end, selon Kosta, les Allemandes et les Hollandaises devraient envahir les îles. Les agences de voyage leur promettent le *sea, sex and sun*. Il va y avoir de la compétition.

Parlant compétition, parce qu'on partage souvent les mêmes goûts en matière d'homme, Mariloup et moi, il arrive qu'il y ait parfois compétition entre nous. C'est pas triste à voir. Même si au départ je fais une touche et que je conquiers de haute lutte un beau calibre convoité par nous deux, elle ne s'efface pas pour autant. Elle redoublera de stratagèmes pour reconquérir le filet très mignon. La chasse nous excite.

Une belle pièce d'homme ne peut pas s'ennuyer entre nous. Ça chauffe! Si notre gibier possède un esprit vif et adore rigoler, je l'empoche haut-la-main. Par contre, s'il est du type animal, Mariloup aura sans doute l'avantage. Parfois, je lui envie sa blondeur et sa séduction. Parfois, elle m'envie ma bonne humeur et mon charme. Mais à nous deux, quelle équipe!

Aujourd'hui, elle a de la chance, je ne me sens pas vraiment d'humeur chasseresse. Après l'histoire d'amour floué que je viens de vivre, je me trouve dans une passe d'anorexie sentimentale et sexuelle.

J'introduis donc Mariloup à l'ami Kosta qui plus tard, s'introduira lui-même assez bien dans la dame. Nous passons quelques jours tranquilles à Hydra puis, un après-midi, Mariloup rencontre Thassos, un capitaine de bateau récemment débarqué dans l'île. Ce dernier lui propose d'aller à Ios, petite perle du collier des Cyclades, à seulement quelques jours de voile d'Hydra. Un de ses amis y habite et, paraît-il, possède une belle grande maison sise face à la mer. Bien entendu, Mariloup insiste pour que je les accompagne.

— Viens, ça va te changer les idées.

— Et Thassos, qui va s'en occuper? Il te plaît toi, ce type?

— Mais non! Pas du tout, Il a l'air correct, j'ai pas l'intention de m'envoyer en l'air avec lui. Je lui ai bien spécifié que si on partait, ce serait copain-copain. Il a semblé d'accord, naturellement.

Ce n'est pas que Thassos soit répugnant, mais sa moustache de policier, sa pauvre dentition, son ventre bedonnant, ses lunettes épaisses font de lui un personnage d'une originale banalité et, conséquemment, il ne nous attire pas du tout.

Pauvre Thassos. Tout heureux d'être fier de pouvoir partir avec les deux plus belles filles de l'île. Tout content de nous avoir à bord, comme équipage-matelas. Le voilà qui souffre le martyre de notre rejet. Pas une de nous deux ne lui consent une caresse, un baiser. Il nous complimente, essaie de faire son gentil, tente de nous saouler, rien à faire. Claques dans le dos et franche camaraderie pour lui. On est polies, on l'aide avec les voiles et la bouffe, mais sans plus.

Nos temps libres, nous les passons à nous pré-
lasser sous les rayons ardents du grand blond.
Nous nous badigeonnons d'huile et de crème et
nous nous racontons des trucs fous. Mariloup veut
que j'élabore mon guide.

— Tu sais, Lili, t'as rien inventé avec la gastronomie libidinale. Cependant, si tu veux que ton
guide ait l'air sérieux, va falloir que tu précises
comment c'est équipé, un bon amant. Comme le
demande Guillaume Fabert dans son *Autoportrait
en érection:* «Que peut-on espérer d'une queue?
De la tenue, du volume, de la vigueur, de la cons-
tance?» Si tu veux être spécialiste, il faut évaluer
tout ça.

— D'accord, c'est plein de bon sens. Donc, si je
pense à cette histoire avec mon maître nageur,
j'aurais pu dire: excellente tenue de route, avec
bonne adhérence dans les virages, volume appréciable et variable, beaucoup de vigueur dans les accé-
lérations, de quoi faire un joyeux bout de chemin.

— Eh oui, tu vois, tout s'arrange. Ton guide,
je te le dis, c'est génial! C'est fou braque, mais ça
va plaire. À propos, j'oubliais, le meilleur amant
doit aussi assumer les câlineries post-coïtales. C'est
tellement dégonflant de finir l'acte avec un type qui
se décolle pour partager ses ronflements. Je donnerais un gros point aux câlineries post-coïtales,
d'accord?

— Tout à fait.

Pauvre Thassos, tandis qu'on délire totalement
en «tites» culottes sur le pont, lui, il se rince l'œil,
bande les voiles et son maillot. Pauvre chou. Il

semble bien consistant pourtant. Après trois jours
de virginale randonnée, nous arrivons non loin de
Mykonos. Sur la côte, on peut apercevoir, malgré
la distance, des formes masculines.

— Ciel! C'est plein de beaux gars qui se pro-
mènent tout nus là-bas. Passe-moi vite les binocu-
laires.

Nous observons des groupes d'homosexuels
sur les rochers. Les gais ne sont pas inhibés. Ce
spectacle peut paraître grossier, mais nous, de voir
tous ces mâles qui se caressent, de voir toutes ces
belles queues tendues, ça nous excite.

— Dommage qu'ils soient gais.

— Ouais. Quelle perte les nonosexuels!

Aristote a dit que l'homosexualité a été le
moyen découvert par les Doriens pour limiter la
population. À une époque, on isola les femmes de
la société et on encouragea l'amour des garçons.
Les Romains, eux, abandonnaient les bébés-filles.
En Grèce, la pédérastie s'est imposée. Elle pénétra
la culture grecque par la porte d'en arrière et prit
les traits du civisme supérieur. C'était, dit-on, une
forme de chevalerie et elle sanctifiait la vertu. Le
judaïsme, puis le christianisme s'acharnèrent contre
elle dès le début, mais sans grand succès.

Enfin, si l'homosexualité fut au départ un acte
pour contrer la surpopulation, de nos jours c'est
toute une surpopulation de touristes du jet-set
international qui viennent peupler cette île, afin
d'élargir le cercle de leurs amis.

— Les gais, c'est dingue. C'est la seule race
qui augmente sans se reproduire.

— Dommage, parce qu'il y en a des maudits beaux.

— Passe-moi les lunettes.

— Non! Laisse-les-moi encore un peu! Yaouh! Il y en a qui sont équipés pour le sport. Coucou, les gars, on est là.

— T'énerve pas trop, Mariloup, Thassos te regarde.

Pauvre Thassos qui aperçoit la source de notre énervement, il commence à bander sérieusement.

— Je te dis, Mariloup, si tu ne t'en occupes pas, ça va lui sortir par les oreilles.

— Pourquoi moi? Occupe-toi de lui si tu veux, généreuse comme tu es.

— Mais c'est toi qu'il a invitée d'abord. C'est toi qu'il regarde le plus. Allez, Mariloup, sois pas vache, arrête de faire la nounoune, fais-lui une gentille petite crossette juste pour faire sortir le méchant. Après on pourra le classer au *Guide Gulliver*. Tu disais que tu voulais m'aider.

— C'est vrai qu'il a plutôt l'air membré, le genre amanché pour veiller tard. S'il savait de quoi on cause avec nos airs de Sainte-Nitouche, il virerait fou. Il nous passerait au cash, toutes les deux. Heureusement qu'il ne comprend pas le français.

— Mais tant pis pour lui, franchement j'ai vraiment pas envie. Je suis salope parfois, d'accord, mais pas avec n'importe qui. On ne baise pas pour leur faire plaisir, mais pour se faire plaisir, hein Mariloup? *To bed or not to bed,* comme disait Françoise Parturier, *that is the question.*

Pourtant j'aime bien distribuer joie et sensualité autour de moi, mais là, j'ai vraiment pas la tête à ça.

— Il va nous en vouloir.

— C'est son problème.

Quatrième jour, nous débarquons enfin à Sérifos. Il était temps, nous étions en train de devenir débiles. Nous nous sommes fait, ce matin-là, tout un *hit parade* de chansons kétaines pour nous amuser à passer le temps. *Bobépine* et *Concepcion* ont déboulé, jusqu'au *Bye bye mon cow boy,* modifié en *Bye bye mon popoye!* Je m'époumonne à chanter: «Pars et surtout ne te retourne pas. Pars! Quoi qu'il arrive, je ne serai pas là. Allez, pars et surtout ne te retourne pas!» Quel délire! Thassos n'est plus certain que nous soyons normales, nous non plus d'ailleurs.

«Adonis de service pour combler tous vos vices...»

Mariloup trouve ça bien drôle. Un jour, qui sait? j'écrirai peut-être des chansons! C'est en chantant que nous débarquons enfin à Ios, chez Dimitri.

Thassos nous présente son ami, Dimitri. D'un naturel hospitalier, ce dernier se précipite à notre rencontre. Il paraît ravi (le terme est faible), épaté, estomaqué, de nous rencontrer et nous offre, bien entendu, l'hospitalité. Lui, par contre, d'un commun accord, nous le trouvons vraiment pas mal. Tout à fait le genre comestible (pour une escale, j'entends): beau grand bonhomme viril, dans le genre Anthony Quinn dans *Zorba,* mais un peu plus jeune. Intéressant. Il nous plaît à toutes les deux. Thassos doit le sentir car, frustré, il décide après le dîner de regagner son voilier, affichant tout de même un air contrarié à l'idée de dormir seul avec la veuve poignet.

Et c'est parti! Attention le cirque!

Bien bronzées, bien reposées, bien de toutes parts et en chaleur, nous nous sentons d'attaque. Surtout Mariloup, qui en fait tout un cirque de séduction, la garce. Dimitri, un peu confus, a l'air bien en peine pour se faire une idée sur le choix qui s'impose. La blonde ou la rousse?

Ayant rigolé tout le reste du repas avec moi et m'ayant frôlée du genou, il ne peut cependant rester insensible au doux regard de Mariloup qui lui manifeste son plus naïf intérêt, roulant des paupières et de tout ce qui roule en elle.

Notre hôte ne sait plus où donner de la tête. Un tien vaut mieux que deux tu l'auras. Mais que fait-on avec deux tu l'auras?

Moi, je m'amuse et je ne donne pas ma place. Zeus que je suis drôle et intéressante! Si je ne me retenais pas, je boirais mes paroles. Je redouble de finesse, de rires, de subtilité, jusqu'à ce que Mariloup me transperce de son regard pointu lorsqu'elle aperçoit la main de notre hôte qui gît dans ma main. C'est moi qui ai gagné!

Après dîner, je décide de m'effacer brièvement pour laisser le champ libre à ma copine qui en profite pour gagner ma place au côté de notre proie.

À mon retour à table, la main experte de Mariloup fouille déjà dans le pantalon de notre hôte. Au hockey, on dirait: elle ne niaise pas avec la «puck».

Lesbos

Le voilier ancre à Lesbos, dans la baie de Kallini, qui est littéralement un havre d'eau calme pour la navigation à voile.

Notre première impression de Lesbos est agréable. C'est un site romantique à souhait. Mytilène jouit d'une animation intéressante. L'île possède un charme singulier. Elle aurait intéressé un nombre appréciable d'écrivains qui y ont séjourné quelque temps pour y écrire leur livre. Les jeunes amants s'émerveillent de la découverte de leur premier amour. Les clairières printanières regorgent d'arbres fleuris.

Nous sommes contentes de nous retrouver toutes les deux. Loulou, très en forme, rigole de tout ce que je lui raconte.

— Hey, connais-tu la différence entre un gars pis une tempête de neige?

— Je donne ma langue au chat...

— Il n'y en a pas, on ne sait jamais combien de pouces il va y avoir et combien de temps ça va durer!

· Nous avons ainsi longtemps bavardé, et déconné un brin au sujet des pines, des queues, des verges, des matraques, des super bites et ...

• des bites qui s'étirent à la seule vue d'une femelle;

• des bites qui pointent gauchement vers vous;

• des bites qui dansent la danse de la pluie;

• des bites qui pleurent sur la veuve poignet;

• des bites idéologiques qui rêvent de pouvoir (tous les soirs);

• des bites feu d'artifices qui pétaradent dans tous les sens;

• des bites aquatiques pourvues de bronches, qui ne vivent qu'en eau douce;

• des bites-fusées qui vous envoient au septième ciel;

• des bites «préservativées» servies sous cellophane ...

Quelle soirée! Au moins, j'ai retrouvé ma bonne humeur.

Avec un verre dans le nez, nous devenons baveuses. Pendant notre passionnante conversation de filles, quatre Grecs nous mitraillent de leurs regards. Nous décidons de les ignorer, car les proies sont trop faciles. En Grèce, une fille doit être extrêmement moche pour ne pas être remarquée et encore... ils vont sûrement lui trouver quelque chose. Chaque cul, chaque type de cuisse, chaque paire de seins a ses amateurs masculins. Être appréciée comme objet sexuel est parfois plus fatigant que valorisant. Par contre, l'indifférence est encore plus insupportable.

— Non, *efcharisto poli. Kali nickta.*

Une petite dernière farce avant de tomber. Qu'est-ce que la Grèce? Un pays où les hommes

sont des hommes et où les moutons sont nerveux!
(Playboy)

Le lendemain, verres fumés, œil brumeux, cœurs et têtes fragiles, nous quittons Lesbos, direction Paros. Il faudra se taper trois heures de traversée houleuse à bord d'un gros paquebot bourré de touristes.

Plutôt bancales, nous ne socialisons guère. Nous nous écrasons dans un coin pour roupiller. Arrivées à Paros, l'une des Cyclades les plus visitées, nous découvrons des touristes dans tous les coins.

Difficile d'y trouver un hôtel. Les insulaires s'habillent à l'américaine, écoutent de la musique américaine sur les terrasses et draguent tout ce qui bouge. Paros! Tout le monde semble à la recherche de distractions épidermiques. Tout le monde sauf nous. Nous sommes crevées. Nous finissons pas nous dénicher une pension modeste, tenue par un Grec exubérant. Puis c'est la sieste, histoire de récupérer. Vers dix-huit heures, promenade sur la rue principale. Nous choisissons un restaurant chinois, où deux gros Bavarois nous dévorent des yeux. Inintéressants. Nous regagnons sagement notre hôtel pour nous reposer, lire et dormir. Le lendemain, nous devons nous lever tôt, car c'est le retour à Hydra.

Montréal, en juin

Bonjour les guédailles,

*D*écidément, vous êtes plutôt graves, toutes
les deux. Nous avons bien ri de vos jokes de
filles et de vos aventures. Vous m'avez l'air en
forme, les machettes. À ce qu'on peut lire, vous
êtes dangereusement atteintes de «Bitomanie
aigüe». Si vous continuez comme ça, tout le
monde va parler du Guide Gulliver. Pourvu que
ce délire de machettes ne tombe pas entre des
pattes de machos susceptibles et complexés.
Déjà que les hommes ont tendance à s'identifier
à la longueur de leurs érections, qu'ils ont tous
tellement peur de ne pas en avoir une assez
grosse, une assez travaillante, qu'ils sont tous
tellement préoccupés de savoir comment se tire
d'affaire leur belle quéquette précieuse, que s'ils
apprennent votre existence, s'ils pensent que
vous vous moquez de leur virilité ou de leurs
défaillances, ils vous le feront payer, mes gui-
dounes.

Non mais, chères grenouilles sauteuses, que
c'est ridicule de culminer ainsi les données de
vos rencontres au-dessous du nombril! Ne pou-
vez-vous pas, tout simplement, rencontrer intel-
ligemment des hommes en laissant de côté leur

appendice? A-t-on déjà vu un tour du monde qui gravite autour d'une pine? Franchement, décrochez, les obsédées! Moi, je me suis acheté récemment un beau vibrateur à piles et je me tiens bien tranquille à l'abri des maladies. J'ai un nouveau flirt et nous nous courtisons à l'ancienne. On pratique le sexe chaste. On se fait des chatouilles, des papouilles, mais pas de pénétration avant d'être sûrs de nos sentiments mutuels. Cela peut vous sembler idiot, mais je suis les sages recommandations de ma thérapeute. Je ne plonge plus inconsidérément la tête la première et à corps perdu dans le lit avec un inconnu et... c'est ben platte. Je vous envie, mes grosses toutounes, vous avez l'air de vous éclater, toutes les deux.

À quand le retour de la grande guédaille blonde? Toi Lili, on sait que tu n'as pas l'intention d'arrêter là ta vie d'aventures. Dommage, tu nous manques beaucoup. Prends bien soin de toi.

Lucie et les amies

Ma vieille Lili,

Je pense avec nostalgie qu'il est bien loin le doux temps où l'on s'enfermait dans ta chambre, chez tes parents, et où on se parlait à voix basse de l'art d'embrasser un garçon. Tu te souviens, on faisait des grimaces en l'air en mimant: «Tu sors la langue et tu lui entres dans la bouche et tu fais des cercles autour de sa langue.» Y avait aussi la méthode «rentre ta langue dans sa bouche trois à quatre secondes et reviens dans ta bouche avec sa langue». On bavait en faisant ça. C'était drôle. Maintenant, on parle de l'art de leur poser un condom avec la bouche et toi, ma spécialiste, tu nous assommes avec tes bites obsessives.

Non mais Lili, exagère pas tant et sois pas si généreuse, Miss Gulliver. Parce qu'étrenner un nouvel amant au lit n'est jamais aussi exaltant que tu sembles nous le laisser croire. Nous prends-tu pour des matelas? Pour des dindes farcies? Non mais, honnêtement, Lili, coudonc, t'en n'as pas rencontré, toi, sur la route, des mauvais coups? Des types qui bandent mou ou des éjaculateurs précoces. Y a-tu juste par icitte que ça existe? Ou t'exagères encore. Tes amants ont toujours l'air d'avoir des bites sensationnelles. Je sais que t'as toujours eu l'œil, mais des fois, me semble que t'en mets. Si tout ce que tu racontes est vrai, tu ferais bien de conserver les nom, adresse, poids et mesures de la bête et de les garder bien au frais, parce que tu peux être assurée qu'une autre de tes copines ira te rejoindre pour collaborer à ton guide, ou suivre tes traces pour vérifier si ce que tu dis est authentique. Je vais mettre de côté mes économies pour aller, excuse l'expression, «me faire tirer» sur les bords de la Méditerranée par tes beaux Adonis de service.

Alors, fais pas de fausse représentation et bonne recherche! À part ça, ici, c'est le train-train quotidien. De temps à autre je passe au Café Cherrier prendre un verre et raconter tes aventures aux amis. Ils te saluent tous chaleureusement. Claude et Georges font dire de ne pas perdre ton temps à chercher le meilleur amant au monde parce que selon eux, «les Québécois sont les meilleurs amants au monde». Prétentieux! Je ne sais pas où ils ont pu entendre une connerie pareille. Bonne raison pour continuer ton guide. Enfin moi, je passe encore quelques belles nuits d'extase avec Jean-François et Nelson (séparément). Je dois avouer que certains Québécois sont vraiment champions.

Amuse-toi bien.

Lolo

Cap sur Hydra

Q uelle joie de retrouver Hydra! Les ânes sur le quai semblent me reconnaître. Je les salue. Hi hon! Il est midi, le soleil pète le feu sur une mer phosphorescente. Encore une belle journée. De bonne humeur et reposées, Mariloup et moi regagnons la pension Flora. Kosta occupe maintenant ma jolie chambre fleurie. On doit se résigner à prendre une chambre à deux petits lits simples en attendant qu'une autre chambre à lit double soit libre. Il y a maintenant beaucoup plus de touristes sur l'île. Après avoir défait nos valises, nous nous chamaillons pour savoir qui prendra sa douche la première. Puis nous enfilons nos maillots de bain, nos longs T-shirts et allons casser la croûte avant la baignade. Kosta, qui nous voit passer, tient à se joindre à nous. Tous les trois, nous descendons au port bras dessus, bras dessous.

Mine de rien, j'éprouve un brin de nostalgie en regardant au large, espérant voir revenir un jour mon grand frisson d'Anglais. En passant devant les voiliers à quai, j'aperçois Yan, le beau Gréco-Danois rencontré à bord de l'avion de Corfou. Il nous invite à venir prendre un verre sur son bateau.

— Où tu l'as déniché celui-là? me demande Mariloup. Il est super. Tu trouves pas qu'il ressemble à Michael Douglas?

Présentations faites, il sort une bouteille d'ouzo, des olives, des amandes et nous sert. Un ouzo, deux ouzos, trois ouzos plus tard, sous ce même soleil de plomb, Kosta nous invite à la pension pour y fumer un joint de super hash récemment arrivé de Turquie. On le suit en titubant dans les escaliers qui mènent à la pension. Il allume le pétard, mais je pète déjà le feu.

L'ouzo aurait-il des qualités aphrodisiaques? C'est fou ce que je me sens allumée. Après une bouffée, me voilà bien excitée. Je ne suis pas la seule à réagir ainsi. Mariloup et Kosta, assis sur le coin du lit, ont déjà commencé à se peloter gentiment. Ambiance sensuelle dans l'air. Yan m'attire près de lui et m'embrasse.

Je me décide à lui faire visiter ma chambre, du moins celle que je partage avec Mariloup. Une fois seuls dans la chambre, nous nous retrouvons presque aussitôt au lit.

Pendant qu'il se déshabille, je constate que mon Gréco-Danois a des fesses sublimes. Avis aux connaisseuses. Rondes, charnues, fermes et bombées, musclées avec un joli creux, ses fesses regorgent d'une crudité appétissante. Par devant, l'individu est des mieux équipés, avec une belle bite pourvue d'un minuscule sourire.

En moins de temps qu'il en faut pour enfiler la «camisole de Vénus» sur sa tige docile, le voilà qui s'introduit en moi avec énergie. Il est bourré de capacités. Dans le petit lit de fer qui craque, nous faisons des vagues. Je plane agréablement. L'euphorie alerte mes sens et engourdit ma tête. Il lâche sa semence en hurlant dans l'oreiller. Petite pause, puis autre condom et on redémarre, les vagues roulent à nouveau. Je jouis plus rapidement. Autre pause. Essoufflés, assoiffés et à court de condoms (deux, c'est pas assez!), Yan s'esquive un moment pour aller chercher des vivres et des munitions au bateau. À peine le temps de me rafraîchir la vulve que Mariloup tambourine à la porte.

Heureusement que Yan venait de quitter les lieux! Planté comme un poireau à côté de l'innocente Mariloup, nul autre que Peter, mon Britanouille! Immobile comme un saucisson sur le palier de la chambre. Je suis seule, en peignoir, les joues d'une roseur fondante, les aisselles moites, le sexe encore chaud et humide, le cœur palpitant. Ça me cause tout un émoi que de le revoir.

Peter, fatigué d'avoir navigué pendant vingt-quatre heures, s'étonne de ma bonne mine. Pauvre banane, il ne sait même pas reconnaître les couleurs de l'*afterlove*. Et c'est tant mieux. Cocu content mais surtout inconscient. Sa minceur, ses traits fatigués m'attendrissent. Il tente tant bien que mal de se justifier à propos de notre rupture.

— *I miss you so much,* me répète-t-il.

Pas aussi sage que Pénélope tissant sa toile, mais heureuse de le revoir, je décide de me consacrer à lui et j'envoie Mariloup prévenir Yan de notre subite rupture. Je suis contente de revoir mon capitaine Love, mon *prince charming.*

Il est épuisé. Il vient de faire ces vingt-quatre heures non-stop de bateau pour reconquérir la soi-disant femme de sa vie. Et je replonge au lit avec Peter.

Quel après-midi! Du vrai vaudeville. Avec tendresse, mon corps navigue à la redécouverte de son corps. Du bout des orteils jusqu'au bout des doigts, du talon au coude en passant par les petits plis du cou et des bras, mon corps se glisse sur lui. J'aime sa peau. Je retrouve son grand corps, son grain de peau anglaise. Moi qui viens de me frotter avec ardeur à la peau grecque, j'éprouve un peu de confusion. Après presque un mois d'absence, le croyant au large pour toujours, je m'étais faite à l'idée de la séparation.

— Tu sais, j'ai pensé à toi souvent et tu me manquais beaucoup.

Je l'écoute parler et à nouveau, naïvement, j'avale ses douces paroles. Peter me semble plus maigre, plus fatigué, plus vulnérable. Une belle sensualité s'échappe de son corps. J'ai le goût de lui faire l'amour oral.

Ensuite, tendrement blottis ventre contre fesses, nous nous endormons.

Vers vingt heures, nous descendons au port pour aller dîner bras dessus, bras dessous. Inévitablement, je me retrouve face-à-face avec Yan. Si ses beaux yeux grecs avaient été des mitraillettes, j'aurais été fusillée sur place. Dommage, c'était un bien bon coup. Je n'ai pas eu le temps de lui demander son adresse et son numéro de téléphone. Mais il se classait très bien au *Guide Gulliver*.

Puis, c'est la joie et la fête des retrouvailles. Pendant cinq jours, nous demeurons à Hydra, jouissant de la vie insulaire. Peter me refait le projet du grand amour et me repropose le tour du monde. Moi, les deux pieds sur terre, je me sens très bien là où je suis.

Un soupçon demeure tapi au fond de moi-même. Comme une chatte échaudée, je crains l'eau salée. J'y vais? Je n'y vais pas! J'y vais! Je veux à la fois partir et rester.

Ah! Sagesse divine! Je demanderais volontiers conseil à la déesse Aphrodite. Même Aphrodite a connu une évolution sentimentale assez capricieuse. Son mariage avec Itaphaïsto fut un flop et elle chercha en vain consolation auprès d'Arès et d'Hermès. On dit qu'il est inutile de demander des comptes à son image, car on ne reçoit pour toute réponse qu'un merveilleux sourire.

Mais que faire? L'Anglais revient plein de bonnes et belles résolutions. Il me propose son fameux tour du monde flottant. Je feins de mettre en doute ses sentiments mais quand je le sens des plus passionnés, je cède.

Et si j'en ai marre, moi, après dix jours? Si on s'engueule, s'il me traite de morue et que je le trouve thon? Si on se fait attaquer par des pirates en mer, si je me fais violer et qu'il reste là à regarder? Si... si... si...

Et si tout se passait bien, grâce à ma bonne étoile, et si nous étions heureux? Si je m'abandonnais? L'amour n'est-il pas abandon? Je suis à la barre et c'est moi seule qui dois piloter mon destin.

— Écoute, me dit Peter préoccupé de me voir inquiète, tu ne seras pas prisonnière. Si tu en as assez, tu descends où tu veux.

— En pleine mer?

Je lui cite Saint-Exupéry: «Surtout n'oublie pas, on est responsable de ceux (de celles) qu'on apprivoise.»

Ah, et puis pourquoi douter? Je suis sûrement celle qu'il attend depuis toujours! Est-ce que je doute de lui ou de moi? Je parle de ce projet de tour du monde à Mariloup. Elle me dit que si elle était à ma place, elle n'hésiterait pas une seconde.

— Peter, quel homme! Si tu n'y vas pas, je t'avertis que c'est moi qui vais prendre ta place, lance-t-elle.

Un soir, au clair de lune, l'Ovni *tender* se fait très câlin et convaincant. Il a déployé tout le rituel pré-love: caresses sensuelles, cunnilingus avide suivi d'une lente et profonde pénétration. Je peux localiser le plaisir à l'intérieur de mon ventre. Mon sexe s'ouvre pour le laisser toucher à mon âme. Je me coule sur sa queue. Il me baise profondément, longuement, à en perdre la raison. Comment décrire toutes ces sensations sans avoir l'air d'une niaiseuse en pâmoison? Difficile. Cela dit, quand on baise à en perdre la raison et que la matière grise dégouline dans les vapes sensorielles, ce n'est peut-être pas le meilleur moment pour décider de son destin. Mais, tant pis, j'accepte enfin de le suivre au bout du monde. L'homme est content.

Quelle vie exaltante nous allons mener! Le lendemain, nous annonçons à nos quelques amis que nous partons ensemble. On nous organise une belle soirée d'adieu.

Partons la mer est belle, embarquons-nous, pécheresse. Forte de mes bonnes résolutions, en ce clair matin de juillet, je m'apprête à quitter définitivement Hydra, mon port d'attache. Sur le quai, ce sont les adieux. J'embrasse Mariloup et Kosta qui viendront nous rejoindre à Ermoni et naviguer avec nous jusqu'à Athènes. J'installe mes effets personnels sur le Phallus, qui sera ma maison flottante pour les prochaines années! Je jette un dernier regard sur Hydra: les jolies maisons multicolores et anguleuses, les escaliers garnis de bougainvilliers disparaissent peu à peu à l'horizon.

Moi qui suis plutôt du genre à rester à l'ancre, c'est-à-dire célibataire, moi qui ai toujours eu peur de prendre des rendez-vous pour ne pas stopper mon destin, me voilà partie pour la vie. Pour deux ans au moins; c'est loin l'Australie, au gré du vent.

J'espère que tout ira bien. J'ai intérêt à apprendre à naviguer très rapidement et très sérieusement. Pour faire la preuve de ma bonne volonté, pendant que, motorisés, nous avançons, je lis le *Guide de la femme de marin* (*Sea wife guide*). Beaucoup moins amusant que le fameux *Guide Gulliver,* remis aux oubliettes pour une durée indéterminée.

Ah! tout ce qu'une femme peut faire sur un voilier: la cuisine et l'entretien. De précieux conseils de rangement sont ici décrits. Les produits à récurer à utiliser, etc. On y trouve aussi de bonnes recettes pour nourrir votre homme et des conseils pratiques pour les premiers soins en cas d'accident: brûlures, coupures, égratignures et morsures de requins ou de gros poissons.

Le chapitre voué à la santé mentale à bord est particulièrement intéressant. On y apprend, comment entretenir le moral de votre homme à bord. On recommande fortement d'être attentive, prévenante, avenante, souriante. Encouragez-le! Ayez confiance en lui, car il n'y a qu'un seul maître à bord et c'est lui. Et il n'y a qu'une esclave à bord... Si j'avais lu ce livre avant de m'embarquer, j'aurais sans doute révisé mes positions. Aujourd'hui, les femmes sur terre — et sans doute sur mer — n'ont plus la même soumission. Mais il me semble plus simple d'être insoumise sur terre que sur mer.

Il est préférable, pour la femme de marin, de mettre de l'eau dans son vin. Moi je préfère mettre l'eau dans mon bain. Pour m'occuper, je prépare des sandwiches aux tomates. Avec ou sans mayonnaise, *darling? Coffee or tea,* sucre?... Ah! tu en veux un autre? *One moment.* Avec jambon, O.K. Moutarde? D'accord, mon capitaine.

Je nettoie tout. Il fait trente-trois degrés à l'ombre du mât, trente-six dans la cabine. Avec le moteur qui gronde et la musique qui plane, inutile de converser.

Je replonge dans le guide de cette imbécile, la femme du marin. Je saute le chapitre sur comment se vêtir à bord. Ce ne sera pas nécessaire. Pour l'instant, un rien m'habille. C'est suffisant, on crève de chaleur. Je me concentre sur l'étude du morse et sur les conseils en cas d'urgence. À part les tempêtes, je n'avais jamais pensé qu'il y avait tant de dangers à faire de la voile. Innocence. En moins de deux, trente-six mille catastrophes peuvent survenir, feu, vol, viol, explosion, noyade, folie, etc.

Je crois bien que la majorité des gens qui rêvent de faire le tour du monde en voilier n'ont jamais mis les pieds sur un voilier. Le moment le plus agréable en voile, c'est lorsqu'on descend sur terre.

Je décide de m'allonger à l'avant du bateau. Les dauphins sautent dans les vagues de notre sillon. Spectacle amusant. Au coucher du soleil, nous jetons l'ancre dans une petite baie verdoyante et paisible et nous allons nager.

Peter également a l'air contrarié. Faut dire que naviguer avec le moteur parce qu'il n'y a pas de vent, c'est pas l'idéal pour un marin. Je nous sers une bière fraîche, m'assois près de lui. Nous avons ainsi consommé trois, quatre bières avant de commencer à nous engueuler à propos de je ne sais quoi.

Il me donne la chair de poule avec son air de petit coq offusqué. Les vieilles peurs refont surface. Une phrase mal placée, un air bête et j'ai le goût de fuir... En pleine mer? Mais non! Je me ravise. Ce qui fait le charme de l'engueulade, c'est le moment de la réconciliation. Le terrain d'entente horizontal.

Alors il me tire vers lui. Il coince son ventre contre mon ventre, plonge une main dans mon chemisier et titille le bout de mes seins qui se hérissent. Il pose alors sa bouche gourmande sur les mamelons. Juste avec cette succion, il est capable de me faire jouir. J'abdique, je le supplie de me faire l'amour ici, maintenant, dehors sous le ciel étoilé, sur le bord de cette petite baie paisible et isolée. Il me baise tellement bien que je sais maintenant pourquoi je suis là. J'ai, en fait, suivi ma chatte dans cette aventure. Je le lui dis. Écartelée sous lui, ouverte à sa merci, je reçois la preuve que c'est toujours lui le patron.

Embrasement des sens, jouissances, sommets... Je sombre, guerrière vaincue, emportée dans un tourbillon d'extase. Il triomphe, conquérant vainqueur et fier combattant. Oh! mon Darling! Ensuite, nous nous étendons sur le pont et nous regardons palpiter les astres en faisant des vœux de bonheur au passage de chaque étoile filante.

Ermoni

En attendant l'arrivée de Mariloup et de Kosta, Peter suggère de nettoyer le bateau. Moi qui aurais plutôt envie de visiter l'île en amoureux et de me la couler douce sous cette chaleur, je suis contrariée. Mais je me raisonne, je dois obéissance à mon capitaine, même si je trouve qu'il est autoritaire, qu'il s'occupe de tout, que c'est toujours lui qui décide de l'initiative et de l'horaire à suivre. Je trouve qu'il organise ma vie, me prend en charge. Plutôt que d'éprouver un sentiment de sécurité, j'ai un sentiment d'impuissance. Mais quand il me fait l'amour passionnément, il bouleverse tellement mes sens que ça me chavire. C'est la banale histoire d'une fille amoureuse d'un irrésistible salaud dominateur.

Cependant, je me dis que si j'étais un tantinet plus soumise, cette relation serait sûrement idyllique. Étant moi-même d'un naturel protecteur et autoritaire, j'aime aussi diriger ma vie et peut-être aussi celle des autres. Je ne me laisse pas facilement prendre en charge. Mais en bateau, à cause de l'espace restreint, il faut savoir prendre son trou. Si tu veux l'harmonie, Lili, oublie-toi. Laisse-toi guider par ton homme.

Du ménage alors? Quelle bonne idée! J'adorrrre nettoyer. Je dois astiquer tout ce qui est métallique et l'homme s'occupera du moteur. Frotte, frotte, frotte. Un petit coup de chiffon par-ci, un par-là, ça brille, c'est joli, ça reluit. Franchement, je ne pouvais pas trouver mieux comme activité.

Ça permet à ma matière grise de faire de la chaise longue. Je m'étonne moi-même. Deux heures plus tard, ça brille beaucoup plus que mon sourire, mais c'est propre. Et moi, je suis sale. J'essuie d'un geste féminin la sueur qui dégouline de mon front pendant que j'astique le chrome en chantant cette belle toune de Cassonade: «Si j'avais un char, ça changerait ma vie.» Mes mains rougies par l'eau et les produits chimiques me démangent. Comment peut-on écrire avec des mains pareilles? Du ménage en voyage! J'ai mon voyage!

Je ne me plains pas. N'est-ce pas le style de vie que j'ai choisi? Avec l'homme de ma vie qui, pour l'instant, a une tête et des mains de garagiste.

De temps en temps, j'entends des grogne-ments et des jurons de la cale. Heureusement que ce n'est pas à moi que ça s'adresse. Après cet éreintant boulot, nous allons nager. L'eau du port est huileuse. Nous sortons le *dinghy* pour aller nager plus au large. Nous nous lavons à l'eau salée, nous nous rinçons à bord, à l'eau douce. Puis, nous allons faire des courses.

Mon *darling* aimerait bien que je lui cuisine des pâtes pour ce soir. *No problem,* chéri! Je pré-fère la sauce à la crème, il préfère la sauce tomate;

nous optons pour une sauce rosée. Un peu d'eau dans le vin avec ça, mon *sweet tart*?

Repu après cette épuisante journée chaude et humide, il passe près de s'abandonner dans les bras de Morphée. Wow bébé! Je le décapsule buccalement. Il faut dire que j'ai fait des progrès terribles en gymnastique orale, à force de perdre aux échecs.

Il m'embrasse, reconnaissant, avant de retomber raide dans les bras de l'autre (Morphée). Il dort, le bel ange. Le bruit des passants et des marchands de poissons sur le quai me tient éveillée. J'aurais quand même apprécié un gros câlin, des becs, des minouches, du sexe. Je ne connais pas de meilleur somnifère que l'amour. Mais il ronfle déjà, le monstre. Que peut l'amour contre les ronflements?

Pendant son sommeil, je pense que je suis divisée en deux: la romantique nounoune croit en l'amour, rêve d'un amour long et durable; et l'autre, la libertine, dénonce ce lien, se révolte et a peur d'être dupe. L'amour est aliénant et transforme la tigresse en minette. Là-dessus je m'endors, perturbée.

Le lendemain, debout avant moi, il s'affaire dans son coffre à outils dans un concert métallique.

— *Gee! where is my screw?*

Bonne question, je me le demandais moi aussi hier soir. Il fait toujours beau et encore plus chaud. Belle journée pour laver... Les draps, les serviettes, les vêtements, faut les laver! Puis les corvées ménagères, qui va s'en occuper? Lili, voyons! Au boulot!

Vaut mieux laver pendant qu'il est tôt parce qu'à midi ce sera insupportable. Habituellement, je réfléchissais en regardant le mouvement cyclique de la machine à laver, maintenant c'est en lavant à la main que je fais mon «réfléchissage». Tiens! la garniture de mon slip en dentelle noire s'effrite, et mon beau slip blanc est taché, faudrait en racheter d'autres. Existe-t-il, sur cette petite île, une boutique de fine lingerie? J'en doute. Faudra attendre à Athènes. Cet après-midi, nous laverons l'extérieur du bateau. Nous serons au moins dans l'eau (huileuse) qui nous rafraîchira un peu. Dans quelle belle insouciance je vivais avant de le connaître! Maintenant, c'est la vraie vie. Ménage, bouffe, organisation. Tout ce que j'ai fui pour vivre la farniente. J'ai changé, j'aspire à un dépassement physique et moral. En passe de me transformer en femme de capitaine, femme fière de son homme, toujours prête à l'épauler, l'aider, l'encourager dans les tumultes et les méandres de la vie, je pourrais écrire le *Guide de la femme de marin,* tome deux. Moins picaresque que le *Guide Gulliver,* je sais au moins que je ne serais pas censurée et que Jean-Pierre ne craindrait pas de me faire venir à son émission pour parler de mes aventures marines.

Bien épuisée ce soir-là, avec un mal de ventre pré-menstruel, c'est moi qui me suis endormie la première.

On s'attendait à voir arriver Mariloup et Kosta, c'est Mariloup qui se pointe toute seule. Kosta travaille et viendra la rejoindre à Athènes dans deux jours.

Nous voilà donc trois à bord. Mariloup, Peter et moi. Trois c'est déjà une de trop. Bien qu'heureuse de revoir ma copine, je sens que ces retrouvailles vont être pénibles parce que Mariloup, contrairement à moi, a l'air en super forme. Son rayonnement d'aujourd'hui est irrésistible. Il me semble qu'elle a maigri, blondi et embelli. Blonde comme une fille d'Éole et d'Aphrodite.

Après une heure de légers babillages sur les derniers potins d'Hydra et de ses habitants, Mariloup prend ses aises à bord. Elle retire sa minirobe et la voilà vêtue d'un léger *string* duquel dépasse l'ardeur de sa toison d'or. Peter la regarde intensément. Beaucoup trop!

Peter pense-t-il qu'il pourrait la sauter si l'envie lui en prenait?

— *Never, over my dead body,* a dit je ne sais quel mortel.

Pourtant ma copine affiche une disponibilité évidente. Ondulant comme une algue, elle dit spontanément:

— Je n'ai jamais fait l'amour sur un bateau, ce doit être génial!

— Je n'ai jamais cassé la gueule à une amie sur l'eau, ce doit être tout aussi génial, pensé-je.

Délicieuse, elle ajoute:

— Ça doit être agréable de naviguer avec toi, Peter, tu as l'air si sûr de toi.

Mariloup zieute mon homme. Plus je la regarde agir, plus je sais qu'elle a mis en marche le processus de séduction. Il faut que je prenne garde, elle est assez rusée pour me le piquer.

Comment le protéger des assauts de sa provocante sensualité? Parce que c'est de la véritable provocation. Quel homme peut rester insensible à la flatterie d'une jolie fille? L'ondine joue très suavement à la sirène.

Moi, avec mon ventre gonflé comme une baleine menstruée, je ne m'aime plus. Je me trouve moche. Lili, vilain petit canard. Me voilà toute seule dans la cabine, il fait trente-six degrés. Trempée, je fais le service. Un peu de rhum, mon homme? Mariloup, à boire?

— Oui, un cuba libre, s'il te plaît.

Pendant que je prépare les cocktails, Peter et Mariloup sympathisent. C'est sans doute normal, après une semaine de proximité intensive à deux, d'être content de voir des visiteurs. Mon chum me semble plus ouvert, plus charmant, plus séduisant et plus téteux qu'à l'ordinaire. Parle, parle, jase, jase, ils viennent de découvrir entre eux un tas d'affinités, notamment qu'ils sont du même signe astrologique: Verseau, signe d'air.

«Verseau, signe de cruche», que je rumine dans la cuisine en achevant la préparation des hors-d'œuvres. Et les voilà partis dans l'astrologie chinoise.

— Singe, mais oui! Ça s'entend très bien avec Dragon, s'exclame Mariloup.

Moi j'y connais rien, mais le Cheval fougueux que je suis s'apprête à ruer dans les brancards. Que le Singe arrête de faire sa guenon et le Dragon d'attiser le feu parce que ça va chauffer!

Calme-toi, Lili! La jalousie n'est pas un sentiment noble. Mais mon homme est nettement trop précieux pour que je le partage avec qui que ce soit et encore moins mon *ex*-copine. Je veux qu'il m'aime moi, et moi seule. C'est clair, c'est légitime?

— Mariloup, viens m'aider à servir les hors-d'œuvre.

Pendant que nous sommes seules en bas, je lui glisse:

— Tu trouves pas que tu exagères?

— Quoi? feint-elle innocemment.

— T'as bientôt fini de minauder comme ça?

Elle finfinaude, me traite de jalouse et remonte sur le quai, fureter autour de mon homme, qu'elle s'empresse de servir. Elle m'agace, la garce, et elle le sait. Cette jouisseuse sacrifierait notre amitié pour satisfaire son appétit sexuel que ça ne m'étonnerait pas. Comme s'il n'y avait que le sexe dans la vie. Quelle salope! En plus elle se parfume au Poison. Empoisonneuse! Elle roucoule près de mon capitaine, les seins nus. Lorsqu'elle parle, ses seins, projetés en avant, ont l'air d'approuver ce qu'elle raconte. Son mamelon gauche, hérissé, pointe directement vers le large tandis que l'autre louche carrément vers mon homme.

Côté nichons, c'est tout de même moi qui ai les plus beaux, mais aujourd'hui, à cause de mes règles j'ai les seins sensibles, je les cache du soleil et des regards.

Mariloup, elle, s'exhibe à souhait, huilant sa poitrine et s'attardant sur ses seins en bavardant distraitement. Peter la regarde, fasciné.

Il réagit stupidement à son charme comme une plante devant un rayon de soleil. Je le fixe avec mes yeux de rayon laser.

Je suis jalouse, c'est un fait. On dirait qu'une bibitte immonde m'envahit, comme celle du film *Alien*. J'ai une grosse boule en travers de mon estomac, qui bouge et qui me tord les boyaux, déchiquetant tout sur son passage. Dans un autre contexte, je m'enfermerais à clé dans la salle d'eau, me ferais couler un bain moussant et j'essaierais de penser à de jolies choses. Mais sur un voilier, aller aux toilettes est déjà un exploit en soi, alors s'y enfermer, pas question!

Mariloup est de trop. Après cette première journée de supplice mental, je me demande comment je vais faire pour maîtriser mon angoisse plus longtemps. Mariloup se montre charmante, douce, suave, mielleuse, plus spirituelle que d'habitude, plus collante.

Pour me détendre, je décide d'aller lire à l'avant et de les ignorer momentanément. Je reprends mon livre sur la mythologie grecque. Que faisaient donc les déesses quand elles étaient jalouses? Héra, semble-t-il, était une sacrée mégère. Épouse légitime de Zeus, elle souffrait des infidélités nombreuses de son «moZeus» de mari. Elle le poursuivit de sa vengeance, non seulement lui, mais ses maîtresses, consentantes ou non. Elle a, entre autres, introduit d'énormes serpents dans le berceau d'Héraclès (fils d'une union illégitime).

Plutôt sadique, la Héra! Elle a aussi tenté d'empêcher la naissance d'Apollon et d'Artémis. La colère d'Héra grondait contre toutes les femmes qui donnaient des enfants à Zeus. C'était, si on veut, une vraie pionnière en matière d'avortement. Après avoir lu ce bref passage, je me rassure, je ne suis pas la seule à être jalouse.

Je me demande où est rangée la mort-aux-rats. Qui sait, cela pourrait-il servir?

Je me promets que, désormais, je ne présenterai plus Mariloup à mes amoureux, surtout pas en bateau. Elle en fait toujours trop pour se rendre aimable, elle est trop chatte, elle fait tout pour tenter le diable par la queue.

— T'as l'air préoccupée, Lili, à quoi penses-tu? s'enquiert la louve.

— À rien, je pense qu'il va encore faire beau, même si le soleil s'est fait momentanément kidnapper par un nuage.

Je suis devenue une vraie Miss Météo. Vive la température pour éviter de dire les choses.

— Ah! Peter, décidément, j'adore la vie de bateau, je vous suivrais bien volontiers jusqu'au bout du monde, de dire l'autre connasse.

Mon sang fait demi-tour et mon angoisse augmente; je regagne la cabine pour faire la vaisselle. Tandis que Miss Loulou se prélasse, moi je bougonne. Mais mon calvaire achève puisque demain, à Athènes, Kosta doit la rejoindre et elle devra regagner le plancher des vaches.

Juste un jour à passer. Dans vingt-quatre heures, j'aurai mon homme à moi toute seule. Patience, Lili! Ah! si je pouvais jeter par-dessus bord ma jalousie et réinventer mon personnage! Il existe une recette de vieille sorcière pour récupérer l'être aimé: il suffit de verser quelques gouttes de sang menstruel dans le verre de la personne à séduire. J'hésite tout de même.

En cachette, j'ouvre le livre *Jalousie* de Nancy Friday pour voir un peu ce qui ne va pas chez moi. Je lis ceci: «Si on vous prend votre homme, ce que vous perdez, ce n'est pas seulement lui, mais toute votre structure de femme vaniteuse.»

Vaniteuse, moi? Je ne le savais pas.

Et aussi: «Le jaloux est un égocentrique obsédé par lui-même. Il se soucie plus de ses blessures d'orgueil que des besoins de l'être aimé.»

J'ai honte, je culpabilise.

«La culpabilité est la gardienne de tout ce qu'il y a de bon en nous.» Merci, Nancy! Je ne veux plus jamais être jalouse.

La plus belle victoire dans la vie, c'est de conserver dans l'adversité son courage, sa sérénité et sa bonne humeur. C'est également la meilleure façon d'éveiller l'admiration d'autrui. Forte de ces sages conseils, je hisse les pavillons du mât de mon esprit et laisse flotter le doute.

Tout ce temps de réflexion a duré exactement dix minutes. Je suis encore sous le coup de mes bonnes résolutions lorsque j'aperçois soudain Peter, le salaud, en train d'étendre de ses longues mains la lotion Coconut sur le corps de Loulou. Et l'autre qui exprime sa satisfaction à haute voix! Tandis qu'il masse et effleure ses cuisses très gentiment, elle s'abandonne, la morue, sous les doigts de mon chum. Elle se tortille, comme pour répondre à ses caresses. Je n'en peux plus. «Alien» va éclater, je le sens!

Flash! Lili se tient au bord du bateau et regarde la mer. Soudain, elle s'y sent attirée et rêve de devenir sirène. Je vais plonger et vivre avec les poissons pour l'éternité. Une vraie Sapho. La légende veut que Sapho ait vraiment suivi un amant d'île en île et que, quand ce dernier la rejeta pour une autre... la pauvre malheureuse ait sauté d'une des falaises de Leucades pour y trouver la mort.

Dans les journaux, on parle de la disparition étrange et mystérieuse de Lili Gulliver, auteure du mondialement connu *Guide Gulliver*. Certains parlent même de kidnapping. On n'a jamais retrouvé son merveilleux corps. Je m'émeus un instant sur ma propre mort, me pleure et m'envoie beaucoup de fleurs. Puis je me ressaisis. Ça ne se passera pas ainsi. Il y en a une de trop et ce n'est pas moi! Le masochisme, ce n'est pas mon fort.

Je décide d'extérioriser mes émotions. À l'abordage! Cela doit paraître que je suis furieuse, parce que dès qu'il me voit apparaître, Peter fronce les sourcils et cesse immédiatement de crémer la tarte. Il retourne à la roue. Tout ça parce qu'il n'y a pas de vent pour le tenir occupé. Pleine de ressources et d'imagination, je propose une partie... de cartes! Quand on sait que je déteste les cartes et que je préfère nettement des jeux plus physiques... Enfin! Cette fois-ci, je ne veux pas partager. On trouve l'idée bonne. Nous jouons au poker. Mon désarroi mine ma concentration et après quelques levées emportées par la brillante Mariloup, j'abandonne.

L'entreprenante Mariloup allume alors un petit joint. Peter et Mariloup rient et délirent ensemble. Moi, parano, j'ose pas trop fumer parce que justement quand je fume, ça me rend parano. Déjà que j'ai «Alien» qui me gigote dans le ventre! Ce n'est vraiment pas le moment de me geler et de paniquer. Surtout qu'ils n'arrêtent pas de me taquiner. Je suis leur tête de Turc. On se moque de mon nez croûté, de ma lèvre enflée. Plus ils sont gelés, plus ils rigolent et plus je m'affole. Elle lui fait des clins d'œil qui en disent plutôt long, tandis que lui laisse entendre qu'il la comprend bien. Pour faire diversion, j'essaie de faire un peu d'esprit, mais ça ne vole pas très haut.

Mariloup, de son côté, entend parler de ses fantasmes. «De tous les endroits trippants où j'ai exécuté l'acte, raconte-t-elle, j'affectionne particulièrement la table. Une table solide, évidemment, lance-t-elle en regardant la petite table du voilier qui chambranle (fort heureusement). Je me sens alors appétissante comme un bon mets. Je m'étends les fesses près du bord, les cuisses ouvertes et les pieds gentiment posés sur les épaules de mon amant, qui peut alors disposer de moi comme il l'entend.» Moi qui ne déteste pas causer cul, voilà que ça m'agace et que je trouve ça très déplacé.

Le cerise, c'est quand Miss Laflaque se demande s'il est normal de mouiller autant lorsqu'elle fait l'amour. Y paraît qu'elle gicle et que ses amants sont émerveillés.

Peter semble impressionné par ses orgasmes niagaresques.

Enfin, n'en pouvant plus devant tant d'inconvenance, en ayant assez entendu, je descends à la cale pour m'occuper.

Je me sens si menacée que je me conduis en véritable ménagère. Je fais la cuisine, je concocte malicieusement des cocktails, je nettoie, ramasse ce qui traîne, ce qui me permet de mettre de l'ordre dans mes idées. Ma tête est un véritable champ de bataille où s'entrechoquent mes sentiments.

À la guerre comme à la guerre! Une idée démente surgit. Tout en mixant mes cocktails, je double la dose de rhum pour mon ennemie et l'affaiblis pour lui.

Déjà *stone,* après son deuxième verre elle commence à être légèrement givrée. Elle dérape un peu. Elle raconte des trucs sans queue ni tête, ses beaux yeux bleus peu à peu rougissent et chavirent. Elle devient progressivement disgracieuse et vulgaire. Elle boit pour arroser je ne sais quoi, mais elle arrose. Et un autre double!

Elle cause, elle cause. Au quatrième verre, elle vomit à bord. C'est dégueulasse! Je laisse Peter nettoyer le vomi tandis que gentiment, j'éponge mon amie. Puis aimablement, j'aide Peter à transporter l'ivrognesse au pieu. Nous la couchons dans la cabine. Bonne fin d'après-midi et bonne nuit, chère petite. Je ne suis pas inquiète, avec tout ce qu'elle a ingurgité, elle n'émergera pas de sitôt.

Du coup, me revoilà radieuse, un sourire de requin me déride et je rattrape mon marin haut la main. Je largue les amarres et lui grimpe sur le mât. Victoire!

Puis, paisiblement, à voiles déployées nous nous dirigeons vers Athènes.

Le lendemain matin, Mariloup, la pauvre, se lève amochée. Des valises sous les yeux, les cheveux coiffés en champ de mines, pâlotte comme une endive, elle n'en mène pas large.

Moi, je suis resplendissante. Finis les boutons et le bedon rond, me voilà redevenue *top shape* comme disent les sportifs. Sous un soleil merveilleux, nous amarrons à Zéa Marina, à Athènes.

Voici maintenant venu le triste moment de la séparation. Mariloup passera une dernière journée à Athènes en compagnie de Kosta avant de s'envoler vers Montréal. Après un déjeuner copieux préparé en l'honneur de notre amie, Peter lui fait des adieux des plus amicaux. Mariloup, émouvante, nous souhaite beaucoup de bonheur à tous les deux et recommande à Peter de bien prendre soin de sa meilleure amie, Lili. Puis elle nous souhaite encore bonne chance pour notre tour du monde et me serre fortement dans ses bras.

Touchée et émue par tant de gentillesse, je décide d'aller reconduire seule mon amie à Plaka où Kosta l'attend. J'ai envie d'être seule avec elle, puis j'ai besoin de prendre mes distances — physiques et psychologiques — avec le capitaine et son bateau pour faire mes adieux à ma copine. Loulou n'est-elle pas ma super amie, depuis des lunes? Nous avons échangé tant de confidences, de lettres, de recettes, de conseils de beauté, de trucs sexuels et même des amants-dépanneurs. Nous nous sommes manifesté tant d'affection, de tendresse et même de l'estime parfois, nous n'allons quand même pas nous brouiller à vie pour un Anglais.

Autant l'amour fait ressortir en moi la bonne humeur, mon côté farceur, autant la jalousie fait ressortir ma mauvaise foi, mon côté cynique. Mais je ne suis pas débile. Il est vrai que nous partageons souvent les mêmes goûts en matière d'hommes; je ne peux donc pas lui en vouloir, surtout qu'il ne s'est finalement rien passé entre eux! Quelques clins d'œil, des rires, un petit massage, il n'y a vraiment pas de quoi fouetter une chatte. C'est donc en toute amitié que je fais mes adieux à mon amie, espérant à nouveau passer des vacances avec elle. Après tout, nous avons bien rigolé toutes les deux, et quel joyeux duo! Nous nous embrassons et nous nous promettons de nous écrire nos «fesses et gestes». Nous nous quittons toutes tristes (enfin... elle plus que moi!).

À mon retour au bateau, indescriptible angoisse... Panique. Le bateau n'est plus là. Peter, le voilier, disparus. Mes affaires... tout! Plus de bateau. Je suis estomaquée, sciée, sidérée.

J'hallucine. Non! Ce n'est pas vrai! Il ne peut pas être parti ou il ne peut pas être bien loin, le salaud! Du coup, je me sens toute seule au monde. Je cours sur les quais du port et m'informe auprès des marins avoisinants qui ne sont malheureusement au courant de rien. J'ai la sale impression d'avoir été jouée. Je panique totalement.

Je vais finalement voir la police du port qui m'apprend qu'il ont fait bouger le voilier de l'aile G à l'autre extrémité du port. J'y fonce en courant.

Peter est bien là, astiquant son bateau. Insouciant, à peine surpris de me revoir. Soulagée, essoufflée mais furieuse comme une tigresse, je monte à bord, engueule le British. Il aurait dû m'attendre, me laisser un message, n'importe quoi mais pas me faire vivre ça! Je n'aime pas être abandonnée. Je me rends compte que je suis vulnérable et dépendante des élans de sa volonté. Je déteste ce genre de situation.

L'affaire Mariloup, même s'il ne s'est presque rien passé entre eux deux, m'a tout de même secouée et rendue à nouveau méfiante. L'attrait qu'il manifestait pour elle, sa façon de m'éviter du regard. Non, mauvais présage. On pense savoir qui est son homme et on en découvre un autre, peut-être pas si amoureux qu'on le croyait. Me voilà ébranlée. Le sentiment de confiance du début s'estompe.

Je descends dans la cabine et je fais la gueule en rangeant les emplettes dans le frigo.

— Chérie, qu'est-ce qu'on mange? J'ai faim.

Je sens qu'il va bientôt y avoir mutinerie à bord. Je refuse l'envahissement de ma vie amoureuse par la vie domestique et je refuse d'être dépendante de lui. Mutinerie.

— Fais-le ton dîner, j'en ai marre! que je lui dis.

Nous dînons silencieusement dans nos coins respectifs. Comme un bigorneau collé à un bateau, je subis les niaiseries de la vie de bateau. Après la jalousie, justifiée ou non, vivre l'abandon exige énormément. Cela m'inquiète.

Ce soir-là, je décide donc de lui expliquer ma peur de vivre ici sur la mer. J'aimerais le lui expli-

quer avec les mots de Moravia: «On peut renoncer
à un amour parce qu'il est trop beau et qu'on veut
en conserver intact le souvenir avant que la beauté
ne devienne ennui sinon pire encore.» Mais je lui
dis plutôt:

— Nous deux, nous aurions peut-être pu vivre
ensemble un bon bout de temps, mais pas maintenant, et pas sur l'eau. J'ai trop besoin d'espace.
La voile pour une fille comme moi, qui vit à cent
milles à l'heure, c'est trop lent. Puis, j'anticipe le
pire. Pas moyen de négocier raisonnablement avec
ma trouille de l'îlot conjugal. Notre histoire, dans
cet espace flottant et restreint va, je le crains, devenir le scénario connu de l'après-passion, la routine après le désir, la possession et, après l'amour,
les ronflements. Non! Je crois qu'il nous faudrait
une base plus solide pour durer. Ici c'est un amour
rempli de vagues. J'ai peur de couler à pic.

La meilleure solution serait qu'il parte seul sur
son voilier jusqu'en Australie puisque c'est son but.
Moi, je le reverrai peut-être là-bas, mais j'irai de
mes propres ailes.

Il est déçu, mais semble me donner raison.

— Je ne t'oublierai jamais, dit-il en plongeant
ses beaux yeux au fond des miens.

— Moi non plus.

Notre dernière soirée est nostalgique. Tina Turner braille *Why can't we stay together*. Je pense à
cette phrase de Lacan: «Les non-dupes errent.»

Ce qui ne nous a pas empêchés de baiser
comme des effrénés, une dernière fois.

Bientôt l'Asie!

Ma pauvre Lili,

Dans quoi t'es-tu embarquée encore? L'Amour! J'ai pleuré quand j'ai lu ta rupture avec Peter, mais tu m'excuseras, j'épluchais des oignons.

Tu m'avais l'air trop hésitante pour que ça marche vraiment. Que veux-tu, pour vivre la passion longue durée, il faut y croire beaucoup et il ne faut pas avoir peur de se perdre. Ça fait partie de la game. T'as trop de peurs en toi. Les sentiments mitigés, ça marche pas, ma vieille. À force d'avoir peur de plonger dans une relation profonde, tu ne vis que des expériences passagères, futiles, qui mènent à la banalité.

Comme le disait un grand musicien: «Dans le grand concert de la vie, quand les cors s'accordent, ce sont les cordes qui déconnent.»

Écris-nous d'Asie, Lili. Tu nous diras si c'est vrai qu'ils ont de petits zizis!

Lucie

Adonis de Service

Adonis de Service
Oh! Quel délice
Ils me font la cour

Adonis de Service
Pour tous mes vices
Ils me font l'amour

Lunettes, suntan et bikini
Je n'ai qu'une seule envie
Enfin pouvoir passer la nuit
À vivre toutes mes fantaisies

Un roman entre les mains
Pour combler mon cœur d'arlequin
Viens par ici bébé requin
On va se faire de gros câlins

Adonis de Service
Oh! Quel délice
Ils me font la cour

Adonis de Service
Pour tous mes vices
Ils me font l'amour

Son sourire une tentation
Ti-Kanis Poli Kala
Tous ces mots que je ne connais pas
Une aventure de science-friction

Je l'amène à mon hôtel
J'adore son goût de sel
Son corps musclé, doré, bronzé
Me donne envie de le baiser

Alors il m'a prise dans ses bras
M'a couverte de doux baisers
Ses mains caressent mes seins
J'adore son va-et-vient
Puis il m'a fait des choses, des choses...
Que je n'ose raconter

Chavirée de tous mes sens
J'ai connu de grandes jouissances
Avec des hommes faits pour me plaire
Dans l'univers de Gulliver

Musique: Carl Wilson
Parole: Lili Gulliver.